Jürgen Hosemann
Das Meer am 31. August

BERENBERG

»du sollst nicht bedauern;
wie kurz die Tage dauern
die Verzauberung ist lang.«
Biagio Marin

»Alles ist einzigartig. Nichts geschieht mehr als ein Mal im Leben (...) Nichts wiederholt sich, alles ist noch nie dagewesen.«

Edmond de Goncourt/Jules de Goncourt

Wann wird das Licht kommen, und wie? Wird es sich als heller, sich ausbreitender Fleck am Nachthimmel zeigen? Oder wird es sich aufs Meer legen, ganz sanft? Wird ein Strich aus Licht plötzlich zum Horizont werden und das Meer vom Himmel trennen? 7
Aber das Licht kommt nicht, es ist einfach da.
Vielleicht waren es die Rufe, die mich einen Moment abgelenkt haben, dann der kleine Lastwagen der Müllabfuhr, der mit kreisenden Warnlichtern hinter mir vorbeigefahren ist. Vielleicht habe ich ein paar Sekunden zu lang überlegt, was diese Rufe bedeuten sollten und von wo und wem sie kamen, halblaut, nicht weit entfernt. Eine einzelne Stimme, als riefe da jemand sich selbst.
Als ich wieder nach dem Licht schauen will, ist es schon da. Es ist 5 Uhr 15. In einer scheinbaren Höhe von vielleicht dreißig Grad über dem östlichen Horizont ... ein

Streifen veränderter Farbigkeit, ins Violette oder Bräunliche spielend.

Ist das das Licht, oder bilde ich es mir nur ein? Es ist ja auch vorher nicht dunkel gewesen, im Westen der Mond, an Land die orangefarbenen Lichter der Strandpromenade. Sind nicht einfach meine Augen überfordert?

Als habe jemand das Schwarz um mich herum verdünnt. Ich möchte die Hand ausstrecken, um zu fühlen, ob die Luft nun anders ist. Ob das Gewicht der Dunkelheit abnimmt.

5 Uhr 21, jetzt deutlicher: eine schwarze, an den Rändern schwach leuchtende Scheibe, die im Nordosten über der Küste schwebt.

Etwas bewegt uns alle über die Grenze von Tag und Nacht. Ich kann zusehen, wie die Dunkelheit sich zurückzieht, weiter an Boden verliert.

Das ist keine Scheibe, das ist der nach oben offene Himmel. Dort, wo er schon heller ist, erscheint er geriffelt wie eine Wasserfläche, über die der Wind streicht, ein zweites Meer.

Wie schnell es hell wird. Ich spüre die Drehung der Erde. Ich kann jetzt deutlich die Küste auf der anderen Seite der Bucht sehen, ein mittleres Grau, über dem ein helleres Grau liegt. Darüber Rosa, Orange und ein fast grünlicher Ton und noch höher das in den Weltraum fliehende Schwarz.

Die Lichter von Triest wie die glimmenden Reste eines Feuers, das die Nacht über durchgebrannt hat.

Alles da?
Nur über mir hängt noch die Finsternis wie eine Regenwolke, die unten in Schleiern ausfranst. Ein schwarzer Regen aus Nacht.
Es war eine Männerstimme, die ich gehört hatte, vielleicht einer der Müllmänner, die den kleinen Lastwagen zu Fuß begleitet hatten. Aber was hatte er gerufen?
5 Uhr 45. Das Meer ist längst da. Aber ist es schon wach, schon ausgeschlafen? Oder räkelt es sich noch träge unter seiner grauen Decke?
Ein Schiff, das seinen Weg zurück in die Nacht zu suchen scheint, wie ein undeutlicher, schwach beleuchteter Traum.

Als ich an diesem Morgen ans Meer kam, war es nicht allein. Auf dem Wellenbrecher, der von der Strandpromenade etwa hundert Meter ins Wasser hinauslief, fotografierte sich ein junges Paar, das der Blitz immer wieder aus der Dunkelheit riss. Ein Jogger, der so schnell verschwand, wie er gekommen war. Und natürlich waren auch die beiden Radlader schon wach, die leuchtend und lärmend den Strand planierten und für den Tag herrichteten.
Als das Paar den Wellenbrecher verlassen hatte, ging ich selbst hinaus. Es war 4 Uhr 45, Ebbe, und um mich herum lag eine undeutliche Landschaft aus Sandbänken und silbern schimmernden Prielen, der Wellenschlag nicht stärker als der eines großen Sees. Der Mond, abnehmend, aber fast voll, stand noch hoch am Himmel und hatte im Wes-

ten das Wasser in eine große Eisfläche verwandelt. Ein leichter, gleichmäßiger Wind drückte aus der entgegengesetzten Richtung, wo Slowenien lag und dahinter die unüberschaubare Landmasse des südöstlichen Europas. Darüber schienen sich zwei tiefstehende rötliche Sterne langsam nach oben zu arbeiten.

Ich blieb eine halbe Stunde an der Spitze des Wellenbrechers. Vom Meer kam das konstante Motorgeräusch von Fischerbooten, deren Lichter kaum von denen der Küste im Osten zu unterscheiden waren. Am Strand fuhren pausenlos die beiden Radlader herum, ihre zahlreichen Scheinwerfer wie suchend auf den Boden gerichtet. Ich hörte deutlich das ungeduldige, fast böse Aufbrummen der Motoren, und als sie näher kamen, konnte ich die warmen Abgase riechen, die der Wind zu mir hinaustrug.

Als mir kalt wurde, ging ich langsam zum Land zurück. Auf halbem Weg lag zwischen den seitlich aufgeschütteten Felsbrocken etwas, das aussah wie ein abgefallener Auspuff oder Weltraumschrott. Der Auspuff eines Raumschiffs, frisch vom Himmel gefallen. Ich hatte das Teil beim Hinausgehen nicht bemerkt, als habe es die Nacht soeben erst freigegeben. Ich trat näher und bewegte es vorsichtig mit dem Fuß, wie etwas, bei dem man sich nicht sicher sein kann, ob es noch lebt oder irgendeine Gefahr davon ausgeht.

Allein in der Mitte des Wellenbrechers fühlte ich mich plötzlich wie ausgesperrt, als gäbe es nicht nur das Zim-

mer im Hotel Eliani nicht, in dem meine Frau und meine Tochter noch in tiefem Schlaf lagen, sondern als hätte ich gar kein Zuhause mehr. Als hätte ich meinen Schlüssel verloren oder sogar absichtlich weggeworfen, mit dem ich wieder in die alltägliche Welt zurückkehren konnte. Als würde ich, wenn ich irgendwann von hier wegging, niemanden mehr finden, der mir die Tür aufmachte.
Dann war das Licht gekommen.

Ist das nicht der Tag von gestern?

Irgendwie beginnt der Morgen anders, als ich erwartet habe. Am Strand, der sich links des Wellenbrechers erstreckt, geht es zu wie auf einer Baustelle: ein Lastwagen, der mit einem Greifarm den Schlick aufnimmt, den die Radlader noch immer zusammentragen ... ein Traktor, der mit einem großen Rechen den Sand kämmt, der Fahrer wie unbeteiligt im fahlen Licht seiner Kabine.
Auch das Meer ist anders, als ich erwartet habe. Ich sehe eher eine hirngraue Masse, die sich langsam und brummend in sich bewegt, ein träges, riesiges Lebewesen, das seine Kräfte zu sammeln scheint und irgendwann das Land verschlingen wird, von dem aus ich es beobachte, alles Land. Ich kann seine Gleichgültigkeit spüren, sein Desinteresse an allem, was an seinen Rändern geschieht, sein Desinteresse an überhaupt allem, einschließlich seiner selbst.

Ich bin erst bis zu den Knöcheln im Tag, und dann das. Etwas hat meine schlechte Laune in mir geweckt, bevor ich selbst ganz wach bin, meine Unsicherheit, meine Ängste.

Oder nervt dich einfach das Dröhnen der Fischerboote, die irgendwo da draußen herumkreuzen? Die Dieselschwaden, die schwer über dem Wasser zu liegen scheinen, und der faulige Geruch dessen, was die Ebbe am Strand freigelegt hat?

Das ist das Meer?

Ein Licht wie das eines Büros, in dem ich zu lange gesessen habe.

ich beginne den missglückten tag

Was hast du denn erwartet, eine unbeschädigte Stille und Luft wie gerade entstanden, frisch wie soeben verdunstetes Wasser?

Enttäuscht dich das Meer? Hält es nicht, was es versprochen hat, was du dir versprochen hast?

Oder war ich vielleicht einfach zu früh aufgestanden? War ich vorhin, noch im Eliani, auf irgendeine Weise falsch aufgewacht, und würde ich es jetzt noch einmal richtig machen müssen? Es kommt mir vor, als hätte ich den Tag nicht ordnungsgemäß betreten ... oder zu früh. Als befände ich mich noch in einer Zone, die weder zum Schlaf noch zum Tag gehört, oder zu beidem – so wie der Saum des Meeres weder Wasser noch festes Land ist.

Auf dem Weg von unserer Unterkunft zum Strand war ich nur einem einzigen Menschen begegnet, und das war der Nachtportier des Hotels Metropole, der mit kleinen, eckigen Bewegungen um die draußen aufgestellten Tische herumfegte, als gehörte er noch in meinen Traum. Sonst hatte ich niemanden gesehen, und niemand hatte mich gesehen. Wie abgenagt hatten die kleinen Straßen im gelben Licht der Laternen gelegen. Vermutlich war ich in Wirklichkeit noch immer im Eliani und träumte.
Da, wo ich lebte, war der Tagesbeginn anders, aber wie? Seit Jahren wurde ich meistens am frühen Morgen wach, aber hatte ich je genau hingeschaut? Ich hatte dem Hellwerden so wenig Aufmerksamkeit geschenkt wie meinem täglichen Weg zur Arbeit. Nie sah ich, wie es über den Bäumen und Hochhäusern, die ich von unserer Wohnung aus sah, hell wurde, ich sah immer nur, dass es hell war. Und bestenfalls der wie Rauch über der Stadt abziehenden Nacht hinterher.
Und hier?
Überrascht es dich, dass es jetzt hell ist?

5 Uhr 30. Auf der Promenade der erste Radfahrer, schnell wie eine Erscheinung.
Aber der Tag zögert.
Das Morgenlicht flackert noch, als könnte es jederzeit wieder ausgehen.
Ein aus Helligkeit und Dunkelheit gemischtes Licht.

Eine Welt des Halbschlafs, die ich nicht stören will und höchstens auf Zehenspitzen betreten.
Die Dinge wissen noch nicht, ob sie endgültig aus der Finsternis hervortreten oder sich wieder in sie zurückziehen sollen, wie das Schiff, das sich weit draußen beeilt, in die Nacht, in die Vergangenheit zurückzukehren.
Es gibt noch dunkle Ecken, wo sich die Nacht hält.
Die Schirmpinien schlafen noch und die Häuser an der Promenade. Ist es an mir, jedes einzelne Ding in meiner Reichweite zu wecken? Aufwachen, Mülleimer und Münzfernglas! Aufwachen, Pizzeria Vistamare, Ristorante Adriatico, Bar Max'in, Terrazza al sul!

Ein Schlauchboot ist schon wach, das mit dem sägenden Geräusch seines Außenborders sehr schnell hinausfährt.
Eine einzelne, leise Schreie ausstoßende Möwe ist schon wach, dann eine zweite, dritte, vierte, als habe die erste sie geweckt.
Der Wind ist schon ein bisschen wach, oder er hat gar nicht geschlafen und ist jetzt müde.
Ein paar Geräusche sind wach, noch kann man sie auseinanderhalten, eins nach dem anderen: erst das Klappern der Müllmänner, dann das Klopfen von Joggingschuhen auf der Promenade. Wie bei der Vogeluhr, wenn im Morgengrauen die Stimmen der Singvögel nacheinander einsetzen.
Eine Joggerin ist schon wach, mit kurzen Trippelschritten folgt sie der Rundung der Promenade, als müsse sie jeden Meter nutzen.

Ich bin wach, überwach, während sich die Welt um mich herum noch aus einem schweren Schlaf befreien muss, beschäftigt mit einem langsamen, weichen Erwachen. Und wie der Schlaf zieht sich auch das Meer noch immer zurück. Ein Ozean des Schlafs.

Um zehn vor sechs erlosch die Beleuchtung der Promenade hinter dem Strand. Ein Vogel schlug, ein kurzes, heftiges Aufschnattern. Zwei Minuten später ging auch die Beleuchtung der Promenade rechts des Wellenbrechers aus. Meine Augen reagierten so träge, dass ich noch in der Sekunde danach das Licht sah.
Als die Reinigungsfahrzeuge abrückten, erschien der Strand trotz der langen Reihen von Sonnenschirmen, Liegen und Badekabinen völlig leer. Als müsste man jeden Augenblick damit rechnen, dass sich dort etwas ereignete. Alles schien vorbereitet, aber wofür? Es gab auch keine Zuschauer, außer mir war niemand da, der sich dafür interessierte. Zeit breitete sich vor mir aus, saubere, unbeschriebene Zeit. Der Tag würde sich hier ereignen.

Aber es beginnt nur der Tag neu und nicht dein Leben!

6 Uhr 1, das Geräusch rutschender Badeschlappen. Zwei Frauen, eine kleine rundliche in einem tiefblauen Bademantel und eine hagere im Kleid. Die rundliche schlittert schnell die Schräge am Wellenbrecher hinunter, streift den

Mantel ab, unter dem ein roter Badeanzug zum Vorschein kommt, und ist im nächsten Moment schon im Wasser, die andere stochert noch ein bisschen den Strand entlang, dann ist sie auch drin. Ein paar kräftige Stöße, und sie ist weit draußen, die Rundliche ist schon gar nicht mehr zu sehen.
Dem Meer ist kalt, es hat eine Gänsehaut. Es sieht aus, als ginge ein unsichtbarer Regen darauf nieder, der Millionen kleiner Krater hinterlässt.
Ich gehe langsam wieder den Wellenbrecher hinaus und erschrecke, als ich die Frau im roten Badeanzug auf dem Rücken treiben sehe. Auf einem Felsbrocken liegt der blaue Bademantel sorgfältig zusammengefaltet, er kommt mir jetzt vor wie die Spur eines Verbrechens.
Es wird wieder dunstiger, schon ist die Küste auf der anderen Seite der Bucht schlechter zu erkennen, es wird kühler und feuchter. Der Tag möchte sich noch einmal umdrehen und weiterschlafen. Oder ist der Tag schon vorbei, und ich habe es nicht gemerkt?

Mir gefällt die Vorstellung, dass sich die Sonne aus der Tiefe des Meeres nach oben arbeitet, um irgendwann, bald, die Wasseroberfläche zu durchbrechen. Dann würde der Tag kommen. Oder würde sie es sich noch einmal anders überlegen? Aber eins ist sicher, die Sonne wird hier nicht über dem Meer aufgehen. Sie hält sich noch irgendwo hinter den slowenischen Bergen verborgen, als bereite sie eine Überraschung vor.

Der Tag lässt auf sich warten, wie ein Zug, der angekündigt ist und doch nicht kommt. Was soll man tun? Den nächsten nehmen?
Fängt der Tag jetzt an? Es ist hell, ein leichter Wind geht, und überall in den Ritzen regt sich das Leben – aber ist das schon der Tag?
Die Zeit vor Sonnenaufgang erscheint mir jetzt wie der Vorspann eines Films: Die Atmosphäre ist schon da, aber man würde erst am Ende wissen, was die Bilder bedeuten. Jedes Ding ist noch allein mit sich und scheint sich still vorzubereiten auf die Rolle, die es an diesem Tag spielen wird. Ich kann zusehen, wie alles um mich herum seinen Platz einnimmt.
Eine der beiden Frauen kommt aus dem Wasser, frierend und froh, in einer Aureole feiner Tropfen. Die andere, die mit dem abgelegten Bademantel, ist noch drin und winkt aus der Ferne.
Das Gefühl, sich im ersten Kapitel eines Romans zu befinden, von dem man noch nichts weiß.
Hebt sich jetzt der Vorhang über der Wirklichkeit?

Es war Viertel nach sechs, als ein Mann sein Fahrrad auf den Wellenbrecher schob und langsam zu mir herauskam. Er stellte das Fahrrad ab und entlud den Gepäckträger: ein Taucheranzug, Schwimmflossen, eine Harpune wie aus einem James-Bond-Film. Die Harpune war ein chromglänzender Speer in einer Abschussvorrichtung, lang wie ein ausgestreckter Arm. An ihrem Ende hatte die Abschussvorrichtung einen Pistolengriff, das Metall schimmerte anthrazit.

Der Mann setzte den Pistolengriff an seinen Körper und spannte mit beiden Händen die Stahlfeder, die den Speer herausschleudern würde. Der Speer war hinten an einer Schnur befestigt, die von einer Rolle an der Unterseite der Abschussvorrichtung lief. Als die Harpune gespannt war, legte der Mann sie vorsichtig auf eine der Betonstufen, die an einer Stelle ins Wasser führten. Es war eine einfache, aber tödliche Waffe, und ich merkte, wie mir die in ihr gesammelte Kraft der gespannten Stahlfeder unheimlich war.

Ich fragte den Mann auf Englisch, was er mit der Harpune erlegen wolle. Er merkte, dass ich aus Deutschland kam, und antwortete: Goldbrasse, Seebarsch, Oktopus oder gar nix. Dann zuckte er mit den Schultern und lachte. Sosehr mir die Vorstellung, dass sein Unterwasserspeer einen Oktopus traf – oder eher durchquerte –, missfiel, so gefiel mir doch seine Antwort, am meisten natürlich das »gar nix«. Morgens um halb sieben den Garnix zu erlegen schien ihm Freude zu machen.

Der Mann zog sich jetzt bis auf die Badehose aus, er war nicht besonders groß, aber kräftig gebaut, und mit seinem kurzgeschnittenen roten Bart und dem ebenfalls rötlichen Brusthaar sah er aus, wie ich mir einen Krieger der Langobarden vorstellte. Ich wusste, dass sich dieser germani-

sche Stamm von der Elbe aus auf den Weg gemacht hatte und zur Zeit der Völkerwanderung über das heutige Friaul bis ins tiefste Italien vorgestoßen war. Waren seine Vorfahren hier hängengeblieben, oder war er, wahrscheinlicher, einfach ein kleiner, gedrungener Meeresgott, der seinen Dreizack irgendwann gegen die effizientere Harpune getauscht hatte?
Der Mann öffnete eine große Plastikflasche, schüttete den Inhalt über sich und begann sich damit einzureiben. Bier, sagte er, gibt nix Besseres – mir wurde schon vom Zusehen kalt. Auf diese Weise eingeölt, stieg er mit den Beinen voran in den Taucheranzug, der dabei quietschende Geräusche von sich gab; auf dem Boden schäumte das Bier. Schon steckte der Mann bis zur Hüfte in dem Anzug, der Rest hing ihm wie eine abgestreifte Haut vom Rücken. Er verwandelte sich immer mehr in ein Meereswesen, denn der Anzug war mit einem Tarnmuster aus verschiedenen dunklen Grüntönen bedruckt, das an eine Unterwasserlandschaft denken ließ.
Dann hatte der Mann auch seinen Oberkörper in den Anzug gezwängt. Er vollführte ein paar Drehbewegungen aus der Hüfte und schlenkerte seine Arme, bis sein Körper die zweite Haut ausgefüllt hatte und alles saß. Zuletzt zog er sich mit dem flitschenden Geräusch von gespanntem Gummi die Kapuze über den Kopf und legte sich einen Gürtel um, an dem Bleiplatten und ein Messer befestigt waren. Auf dem Beton des Wellenbrechers lagen jetzt noch

seine Taucherbrille und die Flossen, die mir überproportional lang vorkamen, wie die eines Kampfschwimmers. Ich wünschte ihm viel Glück, aber das schien er durch die eng anliegende Kapuze schon nicht mehr zu hören. Es war 6 Uhr 33, als er die Harpune nahm. Ich hatte erwartet, dass er einfach ins Wasser springen würde, aber er stieg vorsichtig zwei Stufen hinunter, als habe das Anschleichen an seine Beute schon begonnen.

Im Wasser löste er sich sofort auf. Ich sah noch ein paar Sekunden das leuchtend rote Ende seines Schnorchels, dann verlor ich auch diesen winzigen Punkt aus den Augen, und obwohl er ohne Pressluftflaschen tauchte, sah ich ihn nicht wieder an die Oberfläche kommen.

Wird die Sonne uns heute finden?
Den Tag kommen lassen. Das Meer kommen lassen.
Alles sehen. Alles ist gleich wichtig.
Nicht denken.

6 Uhr 33, die Sonne geht auf, jetzt.
Kann ich jetzt sehen, wo ich bin?

Es war nur ein Zufall, der uns nach Grado geführt hatte. Wir waren in Mailand und Venedig gewesen, jetzt wollten wir noch ein paar Tage ans Meer. Grado lag mitten darin, auf einer langgestreckten Sandbank, die mit dem Festland über einen Damm und eine Landbrücke verbunden war.

Zwischen der Sandbank und dem Festland lag die Lagune, ein Labyrinth Hunderter Inselchen, das bei Ebbe weitgehend trockenfiel. Die Lagune war ein vielgepriesenes Ökosystem, das eine Fülle seltener tierischer Arten beheimatete, auf deren Bekanntschaft ich allerdings in den meisten Fällen keinen Wert legte. Tatsächlich kam mir die giftig-salzige Lagune mit ihren Quallen, Krabben, Stechmücken und wuchernden Tamarisken eher unheimlich vor, angenehm höchstens, wenn man ein Kormoran war und sich für Fische begeisterte. Ich hatte eher eine innere Abneigung verspürt und zugleich eine geheime Faszination. Die Lagune erschien mir wie eine riesige Falle, ein Missverständnis des offenen Meeres.

Die Stadt selbst war im 2. Jahrhundert vor Christus gegründet worden, vermutlich als Kriegshafen für die römische Flotte. Nach dem Niedergang des Römischen Reichs hatte der Ort für Hunderte von Jahren unter der Herrschaft Venedigs gestanden, bevor er 1815 dem Habsburgerreich zugeschlagen wurde. Die Österreicher hatten einen Deich und eine Sardinenfabrik gebaut und gegen Ende des 19. Jahrhunderts aus dem Fischerort im Friaul ein kaiserlich-königliches Seebad gemacht. Heute gab es hier gut achttausend Einwohner, von denen sich die, die nicht dem Fischfang nachgingen, um die Touristen zu kümmern schienen, die immer noch vor allem aus Österreich kamen.
Für mich war der Ort auf den ersten Blick eine milde Enttäuschung gewesen ... vielleicht hatten wir etwas anderes

erwartet. Es gab nichts zu sehen, oder wir hatten jedenfalls nichts von dem gesehen, was es zu sehen gab, nur Fußgängerzonen mit Sitzbänken und Blumenkübeln, eine hübsche Langeweile. Das, was es zu sehen gab, war seltsam steril, selbst das Alte war wie neu. Die kleine città vecchia war so herausgeputzt, dass sie mir künstlich vorkam wie eine Opernkulisse. Selbst der anderthalb Jahrtausende alten Basilika Sant'Eufemia hatte man das Alter gründlich wegretuschiert. Es entsprach alles nicht so richtig meinem Italienbild, und offenbar war ich einer jener Reisenden, die lieber das sehen wollten, was sie sich vorgestellt hatten.

Es war ein Zufall, dass wir hier gelandet waren. Vermutlich gab es allein in Italien hundert andere Orte, von denen ich ebenso hätte aufs Meer schauen können.

Um 6 Uhr 25 – der Taucher war mit seinen Vorbereitungen fast fertig gewesen – hatte sich am Himmel über dem slowenischen Festland, scheinbar nicht sehr hoch über dem Horizont und genau über einem auffallenden langgestreckten Bergmassiv, das an einer Stelle scharf abbrach, eine Kette von vier leuchtenden waagerechten Streifen gebildet. Von dem Pier, der, hundert Meter von meinem Wellenbrecher entfernt, ins Wasser hinauslief, stiegen Möwen auf, die im Gegenlicht schwarz wie Krähen aussahen. Fünf Minuten später waren die leuchtenden Streifen wieder verblasst, und eine intensivrote Hintergrundstrah-

lung ließ den Bergrücken dunkel und deutlich hervortreten.
Dann schien der Berg unmittelbar vor seiner Abbruchkante plötzlich aufzubrechen, und weißglühende Lava floss aus seinem Inneren.
Ich schloss geblendet die Augen.

Es war jetzt hell, aber war es auch hell genug, um mich selbst zu sehen? Was machte ich hier? Ich hatte mir vorgenommen, mich einen Tag und eine Nacht ans Meer zu setzen und mir alles zu merken, was geschah, und auch wenn nichts geschah, wollte ich es mir merken. Ich brauchte Ruhe und war überzeugt davon, dass man eine Reise machen konnte, ohne sich von der Stelle zu rühren. Nicht ich würde mich bewegen, sondern das Meer, auch wenn es im Moment nicht daran dachte. Das Problem war, dass es leider nicht den Eindruck machte, als würde es mir in den nächsten Stunden mehr von sich verraten. Wenn ich Pech hatte, würde es ungefähr sein, als würde ich einen Tag neben einer wenig befahrenen Straße verbringen, eintönig.

Ich will das Meer sehen, auch wenn es mich nicht sehen will.

Ich war immer gern ans Meer gefahren, und fast immer hatte ich dort das Gefühl, richtig zu sein ... als ob da etwas auf mich wartete und immer warten würde. Ich dach-

te nicht darüber nach, was wohl das Letzte sein mochte, was ich vor meinem Tod sehen würde, aber die schwache Hoffnung, dass es das Meer sein könnte, gefiel mir.
Bis es so weit war, reichte es mir, am Meer das zu finden, was Millionen anderer Menschen dort auch suchten. Darüber hinaus hatte ich einige eher poetische Vorstellungen, wie die Idee, dass das Meer einen mit allen Menschen in Verbindung treten ließ, die gleichzeitig an seinen Ufern saßen, überhaupt mit allen Menschen, die man in seinem Leben kennengelernt hatte. Ich hatte die Hoffnung, dass sich in der Leere und Weite die Gedanken und Phantasien besonders gut ausbreiten konnten und dass man, weil nichts den Blick verstellte, hier alles sehen konnte. Dass mit etwas Glück das Meer einer jener Orte war, an denen der Blick, vom Wasserspiegel reflektiert, auf einen selbst zurückfallen würde.
Eine Frau, die an der Nordsee wohnte, sagte mir einmal, sie erzähle alle ihre Sorgen und Nöte dem Meer. Ich fragte sie, was das Meer dazu sage. Nichts, sagte sie, das ist ja das Gute. Wollte ich das auch machen?

Wie schnell jetzt das Licht in den Morgen strömt. Ist das der Tag? Das Sonnenlicht weckt die Dinge endgültig. Als wäre alles ringsum in der Nacht erst errichtet worden und alles noch neu und unbenutzt und auch das Meer frisch aufgefüllt. Die ganze Welt aufgeräumt.
Und da?

Ein Frachtschiff im Westen, mit grauem Rumpf und einem weißen Hochhaus am Heck, so nahe, dass ich mich frage, wann es gekommen ist und warum ich es bisher nicht bemerkt habe. Wie soeben von den Sonnenstrahlen dorthin gemalt ... als sei ohne das Schiff mein Bild vom Meer nicht komplett. Es scheint sich nicht von der Stelle zu rühren.

Vor vielen Jahren hatte ich geträumt, ich könnte vom Frankfurter Hauptbahnhof aus das Meer sehen, das dort begann, wo eigentlich das Messegelände lag. Tatsächlich gab es Tage, bei bestimmtem Licht und bestimmtem Wind, an denen der Main an bestimmten Stellen zum Meer wurde. Vor ein paar Tagen, in dem versteckten kleinen Hotel in Venedig, hatte ich wieder vom Meer geträumt. Im Traum hatte ich es in den labyrinthischen Straßen gesucht, etwa so, wie man in einer Stadt einen versteckten Platz sucht, aber ich hatte es nicht finden können, und ich war zu schüchtern, um danach zu fragen.

In der letzten Nacht hingegen hatte ich nicht geträumt, vermutlich hatte ich nicht einmal lange genug dafür geschlafen. Ich war schon gegen ein Uhr erwacht und hörte das Kreischen von Möwen, ein dreimaliges kurzes, fast bellendes Geräusch – vielleicht war es das, was mich geweckt hatte. Dann schlug irgendwo ein Hund an, als antwortete er. Anschließend war alles wieder in tiefer Stille versunken, bis ich vom Meer her das monotone Brummen von Motoren gehört hatte, das über lange Zeit gleich blieb, als bewege sich ein Schiff in voller Fahrt nicht von der Stelle.

6 Uhr 40. Als hätte das Motorenbrummen seither nicht mehr aufgehört ... ich kann jetzt fünf, sechs Fischerboote erkennen, die auf die Küste zuhalten. Als wäre die eigentliche Stimme des Meeres ein Schiffsdiesel.
Die Flut kommt und schickt schnelle kleine Wellen zum Ufer, die aussehen wie vom Schalldruck eines Lautsprechers erzeugt. Weiter draußen, eingebettet ins tiefe Blau, ist eine runde, spiegelglatte Fläche wie ein See, der mitten im Meer liegt. Ist dort die Stille zu sehen? Dahinter ein langer heller Streifen wie ein Fluss, dem die Fischerboote auf ihrem Weg in den Hafen folgen.

6 Uhr 45. Auf der Promenade eine Autostreife der Carabinieri.

Ich bin hier!

Konnte mir eine Landkarte sagen, wo ich eigentlich war? Und wie das Meer war? Konnte mir eine Landkarte etwas über das Meer sagen? Vor ein paar Tagen hatte ich das Geschenk ausgepackt, das mir mein Freund Michael mitgegeben hatte, der einige Jahre zur See gefahren war. Es war keine Landkarte, es war eine Seekarte, herausgegeben vom Hydrographischen Institut der Republik Kroatien. Sie zeigte die nördliche Adria zwischen Venedig und Triest, mit der italienischen Küste am linken und oberen Kartenrand und der zu Slowenien und Kroatien gehörenden Halbinsel Istrien auf der rechten Seite, im Osten. Ich hatte der Karte in Venedig nur einen kurzen Blick gegönnt, zu kompliziert war mir das Zahlen- und Symbolgewirr erschienen, das Meer und Küste bedeckte. Jetzt faltete ich das schwere, fast planenartige Papier auseinander und betrachtete es genauer.

Wie es sich für eine Seekarte gehörte, zeigte sie die Welt aus der Perspektive desjenigen, der vom Wasser aufs Land blickte. Wichtig war der Küstenstreifen mit seinen Ortschaften, Leuchtfeuern und markanten Bauwerken. Wichtig waren die Flussmündungen und Lagunen, auch große Straßen und Berge, die der Orientierung dienen konnten. Nicht wichtig war das Hinterland, dort schien es keine Ortschaften mehr zu geben, nur noch das einheitliche Gelb des Kartengrundes, in dem die Straßen einfach versandeten. Es sah aus, als wäre das Hinterland nicht nur unbesiedelt, sondern komplett unerforscht.

Den größten Teil der Karte aber nahm das Meer ein, bedeckt von Tiefenangaben und Kürzeln, die für die Bodenbeschaffenheit standen, durchschossen von den roten Schlangenlinien für Unterwasserkabel und den Strichelungen der Pipelines für Öl und Gas. Das Meer, wie es sich auf der Karte ausbreitete, war dicht beschrieben, und doch war da genug Raum, um dazwischen zu verschwinden.

Am besten gefiel mir, dass auf der Karte einige handschriftliche Eintragungen zu finden waren, mit denen sie nach ihrem Druck im Jahr 2012 aktualisiert worden war. Als Urheber kamen die Mitarbeiter zweier Seekartenhandlungen in Frage, die beide ihre Firmenstempel auf der Karte hinterlassen hatten: »Naval-Adria Nautical Charts« im kroatischen Rijeka und »Paju-Nautik«, die »Vertriebs- und Berichtigungsstelle für das Deutsche Hydrographische Institut« im österreichischen Gratkorn. Ich hatte keine Ahnung, warum das Deutsche Hydrographische Institut ausgerechnet in Gratkorn bei Graz eine Karte des kroatischen hydrographischen Instituts, die vor allem italienisches Gebiet zeigte, korrigieren ließ, zumal mein Freund sie bei einer Seekartenhandlung in Hamburg bestellt hatte. Aber mir gefiel die Vorstellung, dass meine Karte in Gratkorn oder Rijeka auf einem Schreibtisch ausgebreitet worden war und eine Mitarbeiterin sorgfältig jene Bleistifteintragungen vorgenommen hatte, die ich jetzt an mehreren Stellen fand – meistens war eine Wassertiefe korrigiert oder die Kennung eines Leuchtfeuers. Ich malte mir aus, dass die ganze Karte nur für mich gezeichnet worden war – dass sie nur mir etwas zeigte – und dass ich mit ihrer Hilfe mich verstand, wenn ich sie verstand.

Aber ich verstand die Karte nicht. Obwohl sie so groß war, war alles darauf so klein eingezeichnet, dass ich Mühe hatte, es überhaupt zu erkennen, und das, was ich erkannte, konnte ich nicht oder nur ungefähr in Übereinstim-

mung bringen mit dem, was ich tatsächlich vor mir hatte. Dazu kam, dass der Wind immer wieder unter die Karte griff, wodurch sie mir jedes Mal ins Gesicht flog und krachend verkantete.
Nach einiger Zeit kam es mir lächerlich vor, hinter einer Seekarte zu verschwinden, die genau das Meer zeigte, das ich nicht sah, weil ich hinter der Seekarte verschwand.
Ich kam mir lächerlich vor.

Und jetzt?
Kann es noch heller werden?

Vor mehr als fünfundzwanzig Jahren war ich schon einmal in dieser Gegend gewesen. Damals, im Sommer 1989, war ich mit einem Interrailticket durch Europa gefahren, es war meine erste große Reise. Ich hatte Tagebuch geführt. Am 30. Juni hatte ich am späten Abend in Mailand einen Zug nach Triest genommen. Noch vor der Abfahrt setzte ein schwerer Regen ein, der die ganze Nacht anhielt, auch in Triest, das ich am frühen Morgen erreichte, regnete es so stark, dass ich überhaupt nicht vom Bahnhof wegkam. In meiner Erinnerung war das Gebäude nichts als ein moderner Zweckbau mit niedriger Decke, es war das Einzige, was ich von der Stadt sah. Ich hatte noch nicht einmal eine Gepäckaufbewahrung gefunden und machte mir im Wartesaal die letzte Dose mit Frühstücksfleisch auf, die mir von meinem Reiseproviant geblieben war. Als um neun Uhr das Touristenbüro im Bahnhof öffnete, erhielt ich die Auskunft, dass die Jugendherberge geschlossen war, und fuhr mit einem Bummelzug zurück, bis nach Venedig. Triest, hatte ich in meinem Tagebuch notiert, war der Tiefpunkt meiner Reise.

Später hatte ich eine Frau kennengelernt, die eine Zeitlang – ungefähr zehn Minuten – mit mir nach Triest fahren wollte, bevor sie es sich anders überlegte. Ich war nie in Triest gewesen, und waren denn die zehn Minuten nicht lange vorbei?

30 7 Uhr 27. Ein Glockenschlag, drei Minuten zu früh. Kommt er von Sant'Eufemia? Die Uhr schlägt nicht zu früh, sie schlägt aus der Tiefe des 6. Jahrhunderts. Vor zwei Tagen bin ich in der Basilika gewesen. Auf dem Mosaikboden des Mittelgangs schwimmen Fische in einem Wellenmuster. Als ob das Meer, das die Kirche im Lauf der Jahrhunderte immer wieder überschwemmt hat, auf ewig dort geblieben ist.

Und jetzt?

Der Tag ist aufgestanden und bewegt sich schon etwas.

Ein alter Mann mit nacktem Oberkörper, muskulös und braun bis auf die Knochen, jetzt sieht er siegessicher in die Sonne.

Zwei Frauen in neonfarbener Funktionskleidung, in den Händen ihre unzerbrechlichen walking sticks, selbstwan-

dernde Wanderstöcke, die vermutlich noch am Abend unterwegs sein würden, ganz allein.
Der Tag ist in einen leichten Trab gefallen, ergreift Besitz von der Welt.

Dort, wo der Mann stand, war eine Art Bastion oder Kanzel. Schaute man von hier aus aufs Meer, lag direkt vor einem der Wellenbrecher. Links davon begann der größte Strand des Ortes – spiaggia principale –, rechts davon die Promenade. Ein Münzfernglas und ein Mülleimer standen beieinander wie zwei ungleiche, aber seit langem vertraute Freunde, der eine von schlanker, der andere von gedrungener Gestalt. Ich ging langsam die Promenade hinunter und überlegte, wo ich bleiben könnte, wenn es heißer wurde: eine bushaltestellenartige Metallkonstruktion, von deren vorderer Dachkante ein Wasservorhang fiel, der den dahinter Sitzenden Abkühlung verschaffen sollte, aber das Wasser war noch nicht eingeschaltet ... ein sperriges weißgestrichenes Gerüst, das ein schattenspendendes Segel ausspannte ... eine Aussichtsplattform. Das auffälligste Bauwerk an der Promenade war ein modernistisches Apartmentgebäude aus den frühen sechziger Jahren, dessen Fassade einem großen Rahsegel glich, in das der Wind gefahren war.
Hier, auf diesen zweihundert Metern am Meer, wollte ich bleiben.

7 Uhr 30. Ein Fischerboot kommt herein, an Deck flattern die schwarzen, halbzerrissenen Fahnen der Bojen, mit denen im Wasser die Netze markiert werden. Es sieht aus wie ein Piratenschiff, am Heck eine weiße Dampfwolke aus Möwen. Über ihm löst sich langsam der Mond auf, noch immer groß, aber fast durchscheinend. Ich kann zusehen, wie ihn die Helligkeit schluckt, er sinkt einfach in das von unten weiß lodernde Licht.
Das Meer im Westen ist stahlblau, mit Einschlüssen aus hellem Grau. Im Osten, wo die Sonne herrscht, ist es anthrazitfarben und von scheinbar mineralischer Feinkörnigkeit.

8 Uhr 10. Der Tag wird aufgespannt.
Aber es werden nur die Sonnenschirme auf dem Strand geöffnet. Es sind viele Hundert, die in Reih und Glied stehen, nach Farben geordnet. Ein Junge in Shorts begibt sich zum äußersten Schirm der ersten Reihe, entfaltet ihn, stemmt ihn nach oben. Dann steuert er den daneben platzierten Schirm der gleichen Reihe an, stutzt, zieht ein Blatt aus der Hosentasche, das er kurz studiert, und geht zum äußersten Schirm der zweiten Reihe. Erst nachdem er diesen aufgespannt hat, wendet er sich dem zu, den er zunächst hatte öffnen wollen.
Zwischen den Schirmen erste Strandbesucher, den Blick auf den Boden, als müssten sie ihren Weg erst finden.
Eine Frau scheint den Strand von dem Seegras säubern zu wollen, das die Flut hinterlassen hat. Da steht sie und be-

trachtet kopfschüttelnd die Bescherung. Dann bückt sie sich, nimmt eine Handvoll Schlick und wirft ihn nach einem Zögern zur Seite. Der Strand ist, obwohl die Radlader der Strandreinigung ihr Werk getan haben, voller Seegras.

8 Uhr 35. Das kleine Schlauchboot mit dem Außenborder, das vor zwei Stunden so schnell hinausgefahren ist, kehrt nun ganz langsam zurück, als hätte sich eine Hoffnung nicht erfüllt. Ansonsten ist, abgesehen von dem Schiff im Westen, in meinem Gesichtskreis nichts auf dem Wasser, als hätte es der schwache Wind vermocht, das ganze Meer leerzufegen. Das Schiff scheint seine Position nicht verändert zu haben, aber man sieht es jetzt von schräg vorne. Vielleicht beginnt es sich in diesem Augenblick aufzumachen, vielleicht ankert es aber auch dort und dreht nur im Wind, in der Strömung. Es sieht unschlüssig aus, weiß es nicht, wohin?

8 Uhr 42. Ein Elektrokarren der Polizia Municipale. Solange die italienische Polizei Fahrzeuge benutzt, die wie eine Kreuzung aus Rollstuhl und Golfwägelchen aussehen, wird sie ihr Autoritätsproblem nicht lösen.
8 Uhr 48. Der Brunnen in der Grünanlage hinter mir wird eingeschaltet, sein Rauschen ist stärker als das des Meeres.
9 Uhr. Jetzt auch der Wasservorhang auf der Promenade. Ich habe während der letzten beiden Tage nie jemanden

dahinter sitzen sehen, vermutlich, weil es eine besonders idiotische Möglichkeit ist, das Meer nicht zu sehen.

Wie schnell die Flut kommt.

Ein Mann mit Brille und grauem Sakko, zu warm und zu gut angezogen für den Ort, wie ein Mensch, der schon vor langer Zeit und ganz woanders zu einer Reise aufgebrochen war, die ihn schließlich hierhergeführt hatte. Ich hatte ihn auf der Promenade schon von weitem gesehen, er kam auf mich zu wie auf einen alten Freund: Dove vai? Dove vai? Ich hatte weder die Absicht, mich auf ein Gespräch mit ihm einzulassen, noch irgendwo hinzugehen. Der Mann setzte sich neben mich auf das Mäuerchen, das die Promenade zur Landseite hin abschloss, und schwieg. Nebeneinander schauten wir aufs Meer: ein Glanz von geschmolzenem Zinn, so hell, dass man trotz der frühen Stunde die Augen zusammenkneifen musste. Als lagerte dort schon die ganze Hitze des Tages.
Ab und zu warf ich ein paar verstohlene Blicke auf den Mann. Er war unrasiert, sah ich jetzt, das dunkle Wollsakko verschlissen und die lange Hose fleckig, und doch hielt er sich. Ich war mir sicher, dass er schon bessere Tage gesehen hatte, aber vielleicht hatte ihn an irgendeiner Stelle seines Lebens eine Strömung aufs offene Meer hinausgezogen, und jetzt wusste er nicht mehr, wie er aufs feste Land zurückkam. Ich hatte erwartet, dass er weiter

auf mich einreden würde, zumindest weiter fragen, wo ich hinwollte, aber ich schien diese Frage durch mein Schweigen beantwortet zu haben. Dove vai? – Es war vielleicht die Frage, die er sich selbst stellte.
Nach einer Weile stand ich auf und ging. Ich hatte ein schlechtes Gewissen und das Gefühl, als würde ich mich dort selbst sitzen lassen.
Der Wasservorhang ... der Wellenbrecher ... der Wasservorhang ... das Sonnensegel ... die Aussichtsplattform ... das Sonnensegel ... der Wasservorhang ... der Wellenbrecher.

9 Uhr 15. Ein Geräusch kommt übers Meer.

Was war dort draußen? Wenn man der Seekarte glauben durfte, lag vor mir eine Flachwasserzone mit Tiefen bis zu zehn Meter, aber auch danach fiel der Meeresboden nur langsam ab. Erst auf Höhe der Südspitze der istrischen Halbinsel – etwa achtzig Kilometer entfernt – wurden um die fünfzig Meter erreicht, tiefer wurde es nicht im Golf von Venedig. Auffällig waren mehrere kreisrund eingezeichnete Zonen, wo in der Tiefe »explosives Material« lagerte – ich wusste, dass sowohl in der Endphase des Zweiten Weltkriegs und den fünfziger Jahren als auch nach den Jugoslawienkriegen der neunziger Jahre Tausende Tonnen Munition und Giftgasbehälter in der Adria versenkt worden waren, auch wenn das Meer darüber zu

schweigen schien. Außerdem waren an verschiedenen Stellen der Karte Schiffswracks eingezeichnet, auch an Orten, die in Sichtweite lagen, aber natürlich war dort nichts zu erkennen. Ein Schiffswrack war für mich keine romantische Vorstellung, keine gesunkene Galeone voller Golddublonen. Eher dachte ich dabei an Geheimnisse, die unter der Oberfläche des Lebens lagen. Sie würden nicht verschwinden und blieben für alle, die ihnen zu nahe kamen, eine Gefahr.
Es dauerte eine Weile, bis ich endgültig begriff, dass ich, wenn ich die Karte gesehen hatte, nichts gesehen hatte.

Ein Kreuzfahrtschiff mit Kurs auf Triest. Ich habe es lange nicht bemerkt, wie den Frachter zuvor, aber jetzt kommt es mir vor, als sei das Geräusch, dem ich eben noch kein Schiff zuordnen konnte, diesem hier vorangegangen wie eine Botschaft aus der Zukunft. Als wäre der Schall seinem Verursacher vorausgeeilt und weit vor diesem eingetroffen. Ein zweites Kreuzfahrtschiff, erst nur eine Verdickung der Horizontlinie, folgt lautlos dem ersten.

Wie spät?
Ob meine Frau und meine Tochter gerade im Eliani frühstückten? Ich war immer der Erste in dem kleinen Frühstücksraum gewesen ... vermissten sie mich jetzt? Ich hatte ihnen nur kurz und beiläufig von meinem Vorhaben erzählt – warum? Ich hatte keine Angst vor ihrem Unver-

ständnis, aber ich hatte das Gefühl, dass ich meinen Plan aufgeben würde, sobald ich ihn enthüllte, als wäre es dann nicht mehr nötig, ihn in die Tat umzusetzen, oder als wäre er es dann nicht mehr wert. Ich fragte mich, wann sie mich besuchen würden, und würden sie mich überhaupt suchen oder nur zufällig finden? Und wollte ich überhaupt gefunden werden?
Allein mit dem Meer zu sein hieß eben vor allem auch, allein zu sein.

10 Uhr. Etwa zur gleichen Zeit war ich gestern in dem kleinen DeSpar-Supermarkt in der Fußgängerzone gewesen und hatte mir für den heutigen Tag etwas zu essen gekauft. Außerdem hatte ich zwei Limonaden der DeSpar-Eigenmarke in 1,5-Literflaschen in den Einkaufswagen gelegt, die eine, Pompelmo, von stumpf grüner, die andere, Ginger Cool Party, von leuchtend hellroter Farbe, zwei gewaltige Ampullen, die, als sie nebeneinander lagen, aussahen wie die Komponenten einer Chemiewaffe. An der einzig offenen Kasse saß eine dicke junge Frau mit strenger Frisur und ebensolcher Brille, deren heruntergezogene Mundwinkel keine Zweifel daran ließen, was sie von den hier angebotenen Waren und ihren Käufern hielt. An ihrer roten Dienstbluse steckte das Namensschild »Desiree S.«.
Als ich meine Einkäufe aufs Band legte, hatte die Kassiererin gerade einen Disput mit einer der Kundinnen hinter sich, was ihre Laune nicht verbessert hatte. Ich verstand

nicht, um was es ging; vielleicht hatte die Kundin nur zu langsam ihr Portemonnaie gezückt. Anschließend zerrte die Kassiererin eilig und wütend meine Sachen über den Scanner, der dabei Geräusche von sich gab, die mir wie Warntöne vorkamen. Zu eilig hatte sie es wohl, denn gerade bei den beiden Limonadenflaschen war das Gerät ins Stolpern gekommen und hatte mit einem besonders nervtötenden Geräusch zurückgescheut, worauf Desiree S. einen angeekelten Blick auf die Limonade warf, die Zahlenfolge des Barcodes eigenhändig in die Tastatur ihrer Kasse stach und schließlich die beiden Flaschen mit dem linken Arm hinter sich schaufelte, wo sie polternd zwischen meinen übrigen Sachen einschlugen.

Am Ende hatte die Kassiererin zwischen nahezu vollständig geschlossenen Lippen eine Summe hervorgepresst, die ich nicht verstanden hatte, weshalb ich, ohne auf das Display zu blicken, ihr sicherheitshalber einen viel zu großen Schein hingestreckt hatte, was die Frau, wie ich herauszuhören glaubte, zu einer Reihe leiser Flüche animierte. Die weiteren Minuten verbrachte ich damit, die Plastiktüten auseinanderzufummeln, die sie mir großzügig hinterhergeschmissen hatte, während sich auf der Ablagefläche schon die Einkäufe der nächsten Kundin unter die meinen mischten. Am Ende hatte ich alles einschließlich der ungeöffneten Tüten in meinen Armen zusammengerafft und war mehr oder minder aus dem Laden geflohen.

Jetzt hatte ich meinen Proviant in einem der DeSpar-Beutel dabei, und die beiden Limonaden lagen neben mir auf dem Beton des Wellenbrechers wie die Pressluftflaschen eines Tauchers. Ich sah sie an, und obschon ich seit dem gestrigen Abend nichts getrunken hatte, verspürte ich keinerlei Durst.

Nach einer Weile griff ich dennoch nach einer der Flaschen, es war die gelbgrüne, Pompelmo. Ich trank und spürte, wie mein Mund trocken wurde. Ich wartete ein wenig, nahm einen zweiten Schluck und bekam sofort brennenden Durst, den ich mit weiteren Schlucken zu bekämpfen versuchte, worauf sich das Durstgefühl noch steigerte. Obwohl die Flüssigkeit an ein Reinigungsmittel erinnerte, hatte ich das Gefühl, mich mit jedem Schluck von innen zu beschmutzen oder als würde etwas in mir verkleben ... als würden, wenn ich weiter trank – und ich musste ja weiter trinken –, die biologischen Vorgänge in meinen Körperzellen durch das Eindringen und Ablagern des Zuckers gehemmt und allmählich zum Stillstand kommen. Schnell griff ich zu der roten Flasche, als enthielte sie ein Gegengift, dann steckte ich beide Flaschen zurück in die Tüte. Sie waren mir plötzlich peinlich und kamen mir jetzt vor wie die Trophäen eines Zehnjährigen.

10 Uhr 25. Das Schiff im Westen ist weg. Ich habe nicht bemerkt, wie es gekommen ist, und ich habe nicht bemerkt, wie es verschwunden ist, irgendwann zwischen halb zehn

und halb elf. Schaust du aufs Meer oder tust du nur so? Schaust du aufs Meer, aber mit geschlossenen Augen? Oder siehst du auch mit offenen Augen nichts?

Das Schiff ist wie weggezaubert, als hätte ein Magier mit Spiegeln gearbeitet, ein optischer Trick. Als wäre es in Sekundenschnelle gesunken.

Das Meer hat eine dunkle Kappe tief heruntergezogen, es weiß von nichts.

Von weit draußen, direkt vor mir, kommt jetzt ein helles Blitzen, mehrmals hintereinander, fast regelmäßig. Vermutlich ist es nur Sonnenlicht, das von einem Schiff – dem verschwundenen? – zurückgeworfen wird. Aber man sieht kein Schiff, nur das Blitzen, das mir ungeheuer hell vorkommt, wie eine gewaltige Freisetzung von Energie. Ist da was? Was ist da? Als fotografierte dort draußen irgendetwas aus großer Entfernung die Küste. Mit einem Apparat, der Bilder macht, auf denen man alles sieht.

Und dann war das Kind gekommen? Ein Mädchen, vielleicht drei oder vier Jahre alt, das plötzlich vor mir stand, in einem blauen Badeanzug und mit einem zitronengelben Sonnenhut auf den braunen Locken. Ein Mädchen, das langsam und sorgfältig seine Finger zählte ... eins ... zwei ..., so versunken in seine Tätigkeit, dass es mich nicht wahrzunehmen schien. Es war offenbar nur ein Zufall gewesen, der es genau vor mir hatte zum Stehen kommen lassen. Mit jedem Finger konnte ich hören und sehen, wie

die Sekunden vergingen, und ich hatte plötzlich das Gefühl, dass ich nicht erst seit ein paar Stunden hier saß, sondern seit Tagen, seit vielen Jahren.
Ich sah das Mädchen, seine gespannte Aufmerksamkeit. So viele Finger! Und nach jedem das Glück, dass es noch einen weiteren gab! Und jeder Finger der einen Hand musste mit Daumen und Zeigefinger der anderen Hand einzeln ergriffen werden und war dann erst gezählt!
Mich sah das Mädchen nicht. Ich war ein Teil der Promenadenmöblierung geworden wie der Mülleimer oder das Münzfernglas, ich war die Sitzbank, auf der ich saß. Vermutlich war es nur eine Frage der Zeit, bis Hunde an mir zu schnüffeln begannen, bevor auch sie achtlos vorbeilaufen würden.
Bei zehn angekommen, blickte das Mädchen zufrieden auf seine Hände mit den ausgestreckten Fingern. Dann schaute es mich plötzlich an, lachte und rannte schnell weg, und nur ein warmer, klebriger Geruch von Sonnenmilch schwebte noch wie eine kindförmige Wolke in der Luft.

11 Uhr. Vor Triest und den Bergen im Osten scheint sich ein weißer Nebel zu bilden, eine Art Hitzeschild, hinter den sich die Stadt zurückzieht. Im Dunst zittert sie wie eine Luftspiegelung, ich würde ewig darauf zu gehen können und nie ankommen. Ein Ort, an den ich Erinnerungen hatte, ohne je da gewesen zu sein.

11 Uhr? Schlägt denn die Turmuhr nicht mehr? Es kommt mir so vor, als ob ich sie um acht das letzte Mal gehört hätte. Ist es vielleicht noch gar nicht elf oder nur für mich?
In den letzten Stunden ist das Meer zutraulich näher gekommen, es hat ja seine eigene Uhr. Hat jetzt die Flut ihren Höchststand erreicht?
Ein Funkeln auf den ersten hundert Metern, dann wie gegen den Strich gebürstet, dann glatt und glänzend wie Stanniol. Helle Korridore im dunklen Blau wie Fahrrinnen für Schiffe, die noch kommen würden.
Schau hin!

Das Meer so sehen, dass Tiefe sichtbar wird, das, was unter der Oberfläche liegt. Oder das Meer wie zum ersten Mal sehen.
Aber wie? Werde ich am Ende mehr sagen können, als dass das Meer rauscht?
Noch nicht mal das tut es.

Ich lasse das Meer einen Moment allein und hoffe, es merkt nichts.

Ich ging nicht weit, nur über den kleinen Platz mit den Bäumen und dem Brunnen. Dahinter, Viale Regina 3, lag das Crema & Cioccolato, die Filiale einer Eisdielenkette, die nur aus einer Theke und ein paar Tischen im Freien bestand, an denen niemand saß. Auf den ersten Blick schien das kleine Café auch von seinen Betreibern verlassen worden zu sein, aber dann tauchte hinter der Theke überraschend eine junge blonde Frau auf, sie sah nett aus. Ich sortierte meine Italienischvokabeln, die ungefähr so zahlreich waren wie die Eissorten in der Theke. Un cappuccino e una granita menta per favore, und bitte keine Rückfragen! Wenn ich meine Sprachkenntnisse richtig einschätzte, konnte ich auf Italienisch noch nicht einmal sagen, dass ich nichts sagen konnte. Die Frau lächelte, natürlich verstand sie Deutsch, wie fast alle hier. Ich sah zu, wie sie die Kaffeemaschine bediente und grünen Pfefferminzsirup in einen Becher mit gemahlenem Eis goss. Kaum war sie damit fertig, holte sie einen winzigen Hund hervor, den sie irgendwo hinter der Theke aufbewahrt haben musste, und befestigte eine Leine an seinem Halsband. An dem Hündchen wirkte sie dick wie ein Schiffstau.

Während ich trank, sah ich der Frau zu, wie sie mit ihrem Hund in der kleinen Grünanlage spazieren ging. Sie hatten Zeit, beide. Ab und zu blieb der Hund stehen und hob ein Bein, es sah aus, als mache er ein paar Dehnungsübungen. Dann trippelte er weiter. Als ich die Grünanlage heute Morgen um Viertel vor fünf durchquert hatte, um zum Meer zu kommen, war das automatische Bewässerungssystem in Betrieb gewesen. Ich hatte den zischenden Wasserwänden ausweichen müssen, die geisterhaft hin und her schwenkten, als sollte mir der Zugang verwehrt werden. Jetzt, im hellen Mittagslicht, kam mir die Erinnerung

daran so durchsichtig und ungreifbar vor wie die Wasserschleier selbst.
Mir fiel auf, dass ich von meinem Platz aus nicht das Meer hörte, sondern nur den Brunnen in der Mitte des kleinen Platzes. Ich bekam ein schlechtes Gewissen und trank schnell aus.

Als ich aus dem Crema & Cioccolato zu meinem Beobachtungsposten zurückkehrte, stand die alte Frau schon neben einer der Steinbänke. Das Licht war jetzt so hell, dass das Meer flimmerte und auf der Promenade nur gelegentlich ein paar Geister durch die Hitze wanderten. Ganz langsam zog die Frau ihr Kleid über den Kopf, faltete ein Handtuch auseinander und setzte sich im Badeanzug vorsichtig darauf. Dann zog sie die Beine zu sich auf die Bank, drehte sich seitlich und streckte sie aus. Sie lehnte sich zurück, stützte sich mit den Armen ab. Legte den Kopf zur Seite, der Sonne abgewandt, und öffnete den Mund, als wollte sie etwas sagen. Sie war so alt und mager, dass sie mir in dieser Haltung vorkam wie eine Sterbende, die sich im Krankenbett noch einmal aufrichtete. Aber es war wohl das Gegenteil, die Sonne schickte ihr Wärme und hielt sie am Leben.
Als sie gegangen war, schlenderte ich hinüber zu ihrer Bank. Ich sah, dass ihr Blick durch eine Lücke zwischen den Häusern genau auf die Basilika gerichtet gewesen sein musste, auf den steinernen Turmhelm mit der Uhr und dem Erzengel Michael an der Spitze.

Genau in diesem Augenblick schlug die Uhr der Basilika zwölfmal.

Mittag: In der Mitte faltet sich der Tag.
Ich habe das Gefühl, keinen Schatten zu werfen – wie das Meer.
Aber ich bin ja selbst im Schatten.

12.00 Uhr. Vom Strand kommt eine Lautsprecherdurchsage, Italienisch, Deutsch, Englisch: 28 Grad Lufttemperatur, 26 Grad Wasser, 61 Prozent Luftfeuchtigkeit. »Strandaktivitäten« werden annonciert, 18 Uhr Zumba, 19 Uhr Gymnastik, und abends um 21 Uhr ein Streichorchester in der Basilika, so weit reicht der Strand. Immer weiter spricht der Lautsprecher, schon jetzt kann man – schon jetzt sollte man! – seinen Wunschsonnenschirm fürs kommende Jahr reservieren, die eigene Badekabine. Ich will sämtliche Sonnenschirme und Badekabinen reservieren, wenn nur der Lautsprecher endlich Ruhe gibt.

Gestern um diese Zeit war ich auf dem Friedhof von Grado gewesen, der auf einer kleinen Insel in der Lagune liegt. Die Insel, auf der neben dem Friedhof noch der städtische Recyclinghof untergebracht ist, kann nur über eine kleine Brücke erreicht werden, unter der sich heftige Strudel und Wellen bilden, wenn die Gezeiten auf das Wasser der Lagune wirken. Nachdem ich nach einem Fußmarsch durch die Mittagshitze, der mich mehr tot als lebendig beim Friedhof ankommen ließ, die von Zypressen bewachte Brücke überquert hatte, sah ich für die gesamte Dauer meines Aufenthalts keinen Menschen mehr. Zwischen den steinernen Gräbern und kalten Mausoleen der reichen Familien hatte ich lange nach dem Grab von Biagio Marin gesucht, Grados berühmtestem Dichter. Ich wusste, dass er hier geboren und gestorben war, nicht aber, ob er tatsächlich hier begraben lag. Marin war als junger Mann für viele Jahre Direktor der städtischen Bäder- und Kurgesellschaft gewesen und war nach einer Zeit als Lehrer und Bibliothekar in Triest wieder nach Grado zurückgekehrt. Dort hatte er den Rest seines Lebens in einem Haus am Meer verbracht, das er allerdings durch eine fast vollständige Blind- und Taubheit nur noch spüren konnte. Ich hatte in Übersetzungen seine im gradesischen Dialekt geschriebenen Gedichte gelesen, und es hatte mir gefallen, wie darin eine karge und einfache Sprache und ein enger, begrenzter Ort mit einer Weite und Tiefe des Blicks und der Erfahrung einhergingen.

Nach einer guten Stunde auf dem Friedhof hatte ich aufgegeben ... mit dem Gefühl, dass ich etwas eigentlich nicht zu Übersehendes übersehen hatte. Die harte Hitze über der Steinwüste der Grabstellen hatte mir keinen Einlass gewährt. Das einzige andere lebende Wesen war eine pechschwarze Katze gewesen, die lautlos über ein paar Gräber hinwegstieg. Dann hatte sie sich im Schatten eines

Grabsteins niedergelassen, aus dem heraus mich ein Paar grüner Augen ruhig ansah. Ich war weder gläubig noch abergläubisch, aber in diesem Moment war ich bereit zu glauben, dass die Katze die Seele eines jüngst Verstorbenen verkörperte, die noch auf der Suche nach ihrem endgültigen Ruhe- und Bestimmungsort war. Hatte ich sie – während ich einen anderen Toten suchte – dabei gestört? Auf dem Rückweg zum Friedhofstor hatte ich das Gefühl, als schauten die ernsten Gesichter der Verstorbenen, deren Fotos an den Grabsteinen angebracht waren, mir noch lange nach, und erst als ich wieder die kleine Brücke über das unheimlich strudelnde Wasser erreicht und mich in Richtung Innenstadt aufgemacht hatte, atmete ich freier.

12 Uhr 37. Die Polizia Municipale, der Typ mit dem Elektrokarren von heute Morgen. Er wirkt zu groß für sein Gefährt und gleichzeitig wie ein Kind, das ein Spielzeug ausprobiert. Man kann so etwas nicht mit Würde fahren.

Gestern, auf dem Rückweg vom Friedhof entlang der Lagunenstraße, war ich an einem aufgegebenen Hotel vorbeigekommen. Der Vorplatz hinter dem verschlossenen Tor war überwuchert von Unkraut und hochgeschossenen Sträuchern, der Weg zum Eingang nicht mehr zu erkennen. Ein dreistöckiger Betonbau mit Flachdach und seitlichen Treppenhäusern, fast vollkommen symmetrisch ...

im ersten Stock lag der ehemalige Frühstücksraum, von dessen großen, noch immer mit Gardinen verhängten Fenstern man auf die Lagune hatte blicken können und dahinter, bei guter Sicht, auf die erste Alpenkette.
Obwohl das Gebäude im hellen Mittagslicht lag und eigentlich nichts Düsteres hatte – selbst der Verfall hielt sich in Grenzen, der Bau konnte noch nicht lange leer stehen –, spürte ich, nachdem ich einige Minuten davorgestanden und fotografiert hatte, ein Unbehagen. Eine gelbbraune Katze erschien hinter den Gitterstäben des Tors, und obwohl es eindeutig nicht die vom Friedhof war, hielt ich es einen Moment lang für möglich, diese sei mir gefolgt. Als ich wieder zu dem Hotel sah, hatte ich das Gefühl, es starrte böse zurück oder ich würde von den Hotelgästen beobachtet, die hier in einer längst vergangenen Saison ihre Ferien verbracht hatten.

Und jetzt?

13 Uhr. Vor mir liegt die harte graue Betonfläche des Meeres. Nur im Osten ist ein tiefblauer Streifen, ein unterseeischer Spalt, der sich dort plötzlich geöffnet hat, ein Graben großer Tiefe.
Der weiße Nebel vor Triest und der Küste hat sich bräunlich verfärbt. Er ist an manchen Stellen noch dichter geworden wie in Säulen aufsteigender Rauch.
Die Sonne sieht mich direkt an.

Ein Motorboot bewegt sich wie von einer Schnur gezogen von links nach rechts, mit einem hohen, durchdringenden Geräusch, das von höchster Anstrengung zu künden scheint.
Andere Geräusche fahren frei irgendwo herum.
Ein Frachter schaut kurz über den Horizont, man sieht nur die hohen weißen Aufbauten, dann ist er auch schon verschwunden. Als trüge das Meer einen Gedanken herbei und gleich wieder weg. Ich stelle mir vor, dass es das Schiff von heute Morgen ist, das sich dort noch immer irgendwo herumtreibt. Weiß es denn nach wie vor nicht, wohin? Hat es etwas vergessen? Dann taucht es erneut auf, kehrt aber, als wäre ihm sein Bemerktwerden peinlich, auch diesmal sofort um und flieht hinter die Horizontlinie. Dort duckt es sich und wartet, bevor es sich im richtigen Moment von neuem die Erdkrümmung hinaufarbeiten wird. Es kommt mir jetzt vor wie eine Zwangsvorstellung, die immer wieder erscheint. Ein dumpfes Tuten ertönt, wie ausgesandt auf hoher See vor langer Zeit. Man sieht kein Schiff, das nah genug ist und dem man es zutrauen würde; so war es auch bei dem Geräusch am Morgen.

Das Meer, schreibt Biagio Marin, ist in den Dichtern.

Heute ist der Geburtstag des Schriftstellers Wolfgang Hilbig, den ich einige Jahre vor seinem Tod kennengelernt habe. Für Wolfgang Hilbig war das Meer die Ostsee, und dorthin ging auch seine letzte Reise. Einige seiner späten Gedichte handeln vom Meer, eines habe ich als Kopie dabei und in der Plastiktüte aus dem DeSpar-Markt, was ungefähr die einzige intellektuelle Vorbereitung darstellt, die ich für diesen Tag getroffen habe.

Matière de la poésie

Das Meer verhüllt von Licht: verhüllt von Helligkeit ...
im Sinn von Licht: ein Lilienweiß um nichts zu sein
als Weiß der Lilien – und Meer um nichts als Meer
zu sein und ohne Maß: und Mond-Abwesenheit –
welch Leuchten das seine lange Überfahrt antritt
und jedes Land vergißt auf nichts bedacht als Ewigkeit –
das Meer: das nicht mehr Tag noch Nacht ist sondern Zeit.

Aber kann man sagen, dass dieses Gedicht vom Meer handelt – abgesehen davon, dass eine Handlung im engeren Sinne wohl nur mit Mühe darin auffindbar ist? Wie bei vielen guten Gedichten habe ich das Gefühl, es beim ersten Lesen verstanden zu haben ... etwas in mir hat es verstanden, augenblicklich und ganz ohne mein Zutun. Aber je länger ich auf das Papier starre – grellweiß im Mittagslicht und der Text so »verhüllt von Helligkeit«, wie es in ihm heißt, dass ich die Augen zusammenkneifen muss, um überhaupt etwas lesen zu können –, desto weniger finde ich in diesem Gedicht eine Bedeutung. Ich habe eher

das Gefühl, dass es einfach das ist, was es sagt, aber auch diesen Gedanken – wenn es denn einer ist – verstehe ich nach kurzer Zeit nicht mehr. Am besten gefällt mir, dass die Zeit hier offenkundig nicht gesehen wird als etwas, das vergeht, sondern als etwas, das immer da ist, als Ewigkeit, und dass das Meer ein Bild für sie ist. Etwas, in dem wir uns bewegen. Und in dem man nicht sein kann, ohne davon berührt zu werden, so wie man im Meer nicht sein kann, ohne nass zu werden.
Oder so ähnlich. Gedichte sind nicht gerade deine Stärke.

13 Uhr 27. Die Uhr von Sant'Eufemia, ein Schlag. Die Glocke so leise, als hätte der Wind sie bewegt.
Es müssen die großen Fischkutter gewesen sein, deren Motoren ich in der Nacht im Hotel gehört hatte. Sie ziehen ihre Schleppnetze weit draußen durchs Wasser und kehren jetzt zurück. Sie schreiben lange, deutliche Linien ins Meer, eine Kielwasserschrift, die lange bestehen bleibt und doch verschwindet, bevor irgendjemand sie lesen kann.
Kam das Geräusch, das ich eben gehört habe, gar nicht von einem Schiff, sondern von einer Sirene im Hafen, die die Fischer zurückruft?
Schließ die Augen und hör dem Meer zu. Hör ihm zu!
Ein nicht ganz regelmäßiges Schwappen, als fließe Wasser in großem Schwall von Schale zu Schale oder Stufe zu Stufe eines Brunnens, das ist die Brandung heute.

Und Silke hat Geburtstag, eine Freundin, der ich eine Postkarte schreiben will, die ich gestern in der »Cartolibreria moderna« besorgt habe. Ich hatte lange geschwankt zwischen einer Ansicht der Basilika und einer der Fußgängerzone, noch trostlosere Motive hatte ich unberücksichtigt gelassen. Schließlich hatte ich mich für eine Karte entschieden, die durch ihre altmodische Wellenumrandung, die verblichenen Kodak-Ektachrome-Farben und auch durch die Motivwahl – der mit Badekabinen und Sonnenschirmen vollgerümpelte Strand vor dem ferienblauen Meer – sofort als Produkt der sechziger oder frühen siebziger Jahre zu erkennen war. Die Karte mit ihrem vermeintlich dauerhaften Motiv war vermutlich in hoher Stückzahl eingekauft worden, hatte aber offenbar in den letzten Jahren nicht mehr allzu viele Liebhaber gefunden, denn im Postkartenständer der »Cartolibreria moderna« steckten noch dicke Bündel. Als ich ein paar Karten herauszog, sah ich, dass ihre Rückseiten bereits vergilbt waren und die Ecken vom vielen Zurückstecken abgeknickt. Darüber hinaus waren die Karten durch den Einfluss der feuchten Luft so stark gebogen, dass die automatischen Sortiermaschinen der Post sie vermutlich sofort aussondern würden. Die Karte war das Gegenteil einer schnellen und unkomplizierten elektronischen Kurznachricht, sie war wie geschaffen für mich.

Liebe Silke, jetzt sitze ich schon seit Stunden am Meer und schreibe auf, was so passiert, und sogar wenn nichts passiert, schreibe ich's auf.
Kannst du ihr nicht einfach zum Geburtstag gratulieren?

Ich stand auf und trat aus dem Schatten des Sonnensegels, wo es gut auszuhalten gewesen war. Ich überlegte, ob ich meine Provianttüte mit den beiden Flaschen in der Grünanlage verstecken sollte oder ob ich sie jedes Mal mitführen musste, wenn ich den Ort wechselte. Die Tüte war schwer, und es stand zu befürchten, dass der Griff ausriss, wenn ich nicht bald große Mengen Limonade trank.
Der Wellenbrecher lag in der Mittagshitze, er führte mitten hinein. Schon nach den ersten Metern, die ich hinausging, war ich mir sicher, nicht an seiner Spitze anzukommen. Ich spürte, wie das Licht und die Wärme in mich eindrangen und ihre Wirkung entfalteten ... als würde ich von innen verändert. Der Weg hinaus erinnerte mich an das Gefühl, einzuschlafen ... ohnmächtig zu werden ... ich wurde langsamer. Noch immer lag die Küste auf der anderen Seite der Bucht im Dunst, als blicke man durch eine dicke, schlierige Glasscheibe. In der Hitze schien die Landschaft weich zu werden, die Berge hinter Triest sahen wie angeschmolzen aus. Als ich die Spitze des Wellenbrechers erreicht hatte, wurde es ganz still. Als entfernte sich alles um mich herum, als rückte alles langsam auseinander.

Auf dem Rückweg setzten die Geräusche schlagartig wieder ein, natürlich waren sie nie weg gewesen. Ich war auch nicht allein, da waren Leute, die entspannt herumspazierten, die Hitze schien ihnen nichts anzuhaben.
Wieder im Schatten des Sonnensegels, schraubte ich die Flasche mit der roten Limonade auf. Ginger Cool Party. Mit einem bösen Zischen schien die Flüssigkeit zu erwachen. Auch wenn sich durch die Wärme der Geschmack vom Unangenehmen ins Abscheuliche verschoben hatte, war sie vermutlich immer noch unschädlich. Auf dem Etikett stand »New Taste«, es kam mir vor wie ein Warnhinweis. Ich wollte nicht wissen, wie sie früher geschmeckt hatte. Es war mir ein Rätsel, warum ich mir für den Tag nicht einfach Wasser gekauft hatte, vielleicht war es mir zu vernünftig vorgekommen.

13 Uhr 53. Ist denn der Himmel noch himmelblau?

Über der Stadt auf der anderen Seite der Bucht, die ich für Koper halte, erscheint ein Fleck ... eine undichte Stelle des Himmels ... eine Verletzung der Oberfläche. Ich kann fast zusehen, wie die Luft plötzlich sichtbar wird und eine Form annimmt, ein freundliches Hitzewölkchen.
Was willst du mir sagen?
Als ob etwas vor meinen Augen aus Nichts erschaffen wird. Als verdichte sich an einer einzigen Stelle die Luft ... und jetzt an noch einer, gleich daneben, und dann auch

über Triest. Die Wolken sind nicht größer als Luftschiffe, die über der Küste ankern, aber verbirgt sich in ihnen nicht schon das Wetter von morgen und ist ihr Weiß nicht schon der erste Schnee des Winters?
Darüber, in viel höheren Luftschichten, bilden sich Streifen wie kreuz und quer geführte Kreidestriche, aber bevor sie sich zu einer Fläche verbinden können, wischt etwas die Tafel aus ... wischt sich die Tafel selbst aus.

Der Wind so sachte, als schiebe er ein Mädchen auf einem Kinderfahrrad.

Die Wolken über der Küste sind jetzt Buchstaben, ich kann ein O erkennen und noch eins und so etwas wie ein verschmiertes W. Gebauschte, wattige Buchstaben, die sich langsam zu einem Wort formen: WOLKENLOS, als hätte sich die Natur einen Scherz erlaubt. Oder habe ich mich verlesen oder mir selbst einen Scherz erlaubt? Als ich wieder hinschaue, und diesmal genauer, kann ich die Schriftzeile WOLKENKOMMEN entziffern, und sogar richtig geschrieben. Eine kleine Reihe von Quellwolken, die sich im leeren Raum wie Gedanken ausbreiten, langsame, sich allmählich einstellende Gedanken. Wenn ich geduldig genug bin, kann ich sehen, wie sie entstehen und zergehen, neue Wörter, neue Gedanken bilden: WOBISTDU?
Die Landschaft darunter, vor allem um Triest herum, tritt jetzt klarer hervor, als hätte sich die Entfernung verrin-

gert. Oder als wäre die Luft plötzlich durchsichtiger geworden ... als wäre es jetzt leichter, alles Mögliche zu erkennen, selbst das, was gar nicht zu erkennen ist.
Man sieht jetzt deutlich, wie sich die Stadt die Berghänge hinaufzieht, verstreute Ortsteile oder Ortschaften, die wie Steinbrüche oder Karstfelder im Graublau der Hügel liegen – oder sind es vielleicht solche? Dahinter taucht eine zweite, sogar dritte Bergkette auf, als könnte ich immer tiefer in etwas hineinsehen, auch wenn mir nun das Gebirge wie hingeträumt vorkommt, wie hinter das Meer geträumt.

56 Eine schwarze Katze, zusammengerollt wie eine riesige Miesmuschel.
Ah, da bist du jetzt.

Ein einmotoriges Sportflugzeug fliegt von Ost nach West die Küste entlang.

Als ich hochschreckte, hatte sich das Licht verändert – war ich eingeschlafen? Hatte ich, während ich noch glaubte, das Meer zu betrachten, in Wirklichkeit schon den Schlaf gesehen, eine graue, scheinbar endlose Fläche? War ich, ohne es zu merken oder mich von der Stelle zu rühren, dort langsam hinausgetrieben? Und hatte mich dann draußen etwas in die Tiefe gezogen und festgehalten?
Wenn ich tatsächlich geschlafen hatte, wann war ich denn eingeschlafen? Ich hatte über die Wolken nachgedacht,

dann das Flugzeug gesehen. Ich hatte mir die Wolken ausgemalt. Erst die Katze, dann das Flugzeug gesehen. Erst war das Geräusch gekommen, dann das Flugzeug, und zuletzt war der Schatten direkt über mich hinweggeflogen. Ich erinnerte mich, dass ich zwei Kinder beobachtet hatte, die im flachen Wasser immer wieder versuchten, auf einen aufblasbaren Hai zu klettern, abrutschten und es erneut versuchten, abrutschten und es erneut versuchten, dann fuhr ein Motorboot – und das war das Letzte, an was ich mich erinnerte – eine große Schleife, bis es sein eigenes Kielwasser kreuzte. War ich in diesem Moment eingeschlafen? Oder hatte dies alles schon auf der anderen Seite stattgefunden, waren die Kinder mit dem Aufblastier und das Motorboot erst jenseits der Schlafgrenze erschienen? Ich erinnerte mich auch, die Kinder – andere Kinder? – einen gelben Ball hin und her werfen gesehen zu haben, der immer wieder hoch in den blauen Himmel stieg. Einmal war der Ball am höchsten Punkt seiner Bahn stehengeblieben, und war dies der Moment, in dem ich eingeschlafen war? Oder war das, was ich für einen gelben Ball gehalten hatte, in Wirklichkeit die Sonne gewesen?
Wie lange hatte ich denn geschlafen – wenn ich geschlafen hatte? Vermutlich war ich doch nur in einen Sekundenschlaf gefallen, bestenfalls für ein paar Minuten eingenickt. Das Flugzeug hatte wohl kaum mehr als eine Minute gebraucht, bis es wieder verschwunden war. Hatte ich genauso lange geschlafen? Also konnte das Licht beim

Aufwachen doch kein anderes gewesen sein, wie ich zunächst gedacht hatte. Auch konnte der Schlaf nicht tief gewesen sein, sondern nur seicht wie das Wasser, in dem die Kinder mit dem Aufblashai spielten. Ich war sicher, das Flugzeug und die Stimmen der Badenden die ganze Zeit über gehört zu haben.

Und wenn ich geschlafen hatte, wovon war ich erwacht? Von den Rufen der Kinder, die den gelben, vom Himmel herabstürzenden Ball aufgefangen hatten? Hatten mich meine Gedanken geweckt oder war es nur mein Kopf gewesen, der zur Seite gefallen war? Ich wusste es nicht.

Aber ich spürte, dass ich nicht wieder zurück in dieses tiefe, stille Wasser finden würde.

14 Uhr 50. Sogar der Wind ist eingeschlafen.

Ein riesiges Netz scheint jetzt in Küstennähe auf der Wasseroberfläche zu liegen, ein Netz, das linsen- oder rautenförmige Zellen bildet, als würde sich das Meer auf diese Weise selbst zusammenhalten.

Die bullige Silhouette eines langsam fahrenden, aber offenbar sehr starken Motorboots, das eine Welle von Lärm hinter sich herzieht.

Etwas Hochbeiniges am Horizont, das eine Weile dort herumgeht, dann aber plötzlich weg ist.

Der Horizont: Je länger ich darauf schaue, desto mehr erscheint er mir uneben wie eine ferne Hügelkette, die sich am Rand einer großen Ebene erhebt.

Und die Küstenlandschaft auf der anderen Seite der Bucht? Es gibt dort eine weiche Stelle, die noch immer wie von Nebel verhangen ist. Ich habe versucht, die Stelle auf der Seekarte zu finden, vermutlich ist es das Gebiet hinter Koper, aber wie immer, wenn ich die Karte vor die Landschaft halte, bin ich mir plötzlich nicht mehr sicher. Wenn man von hier aus hinüberschaut, scheinen die Berge dort nach hinten versetzt, so dass etwas wie eine Öffnung in der Landschaft entsteht, durch die man sich in das slowenische Gebirge hineinträumen kann, wo die Berge schnell Höhen von über tausend Metern erreichen. Ein Eingang in die Welt, der sich gleich danach wie im Märchen für immer schließen würde.

Wie spät es schon ist. Im Schlaf ist die Zeit vergangen, ohne dass ich dabei gewesen bin. Aber wo ist sie hin? Ist sie nicht bei uns, wenn wir nicht bei uns sind?

15 Uhr 11. Keine Zeit, die ich mir merken kann.

Liebe Silke, es ist jetzt ungefähr halb vier am Nachmittag (bei Dir auch?), auch wenn es mir vorkommt, als ob es das vorhin schon mal war.
Idiot. Du sollst ihr gratulieren.

Ich habe nicht zu wenig Zeit, wie sonst immer, sondern zu viel. Als wäre noch von irgendwann früher Zeit übrig, die

ich jetzt verbrauchen muss. Aber ich kann sie nicht brauchen. Ich weiß nicht, was ich damit machen soll.
Wird es erst später später?

Ich betrachte meine Armbanduhr wie etwas, das plötzlich und überraschend an meinem Handgelenk aufgetaucht ist. Ich kann sehen, wie die Minuten still im Gehäuse warten, bis sie an der Reihe sind. Ich fange an, die Zeit, die meine Armbanduhr zeigt, mit der auf meinem Telefon zu vergleichen. Ich will wissen, welche Zeit schneller ist, und mich dann für diese entscheiden, aber es ist schwer zu vergleichen, und beim Telefon ist der Akku gleich leer.
Schau zum Strand, was sagt die Sanduhr?

Um Zeit vergehen zu lassen, sah ich den Möwen zu. Aus der Entfernung kamen sie mir mit ihren hellen Bäuchen wie Fische vor, die durchs Luftmeer flogen. Ich pickte mir einen einzelnen Vogel heraus, der mit ein paar mächtigen Schwingenschlägen Höhe gewann, ein weißes m, das m stand für Möwe. Er lag jetzt still auf dem Wind, als ruhte er dort, ließ sich, noch immer ohne mit den Flügeln zu schlagen, mühelos seitwärts tragen, um erneut in der Luft zu parken. Ich konnte deutlich die schneeweiße Brust sehen, das schiefergraue Gefieder, die schwarzen Flügelspitzen, sogar den roten Punkt an der Spitze des gelben Schnabels.

Nach einer Weile merkte ich, wie es in meinem Kopf leiser wurde, und ich fragte mich, ob ich wieder dabei war einzunicken ... wieder einzunicken? Hatte ich wirklich den Punkt an der Schnabelspitze gesehen?
Dann sah ich die Möwe plötzlich durch die Luft torkeln wie ein außer Kontrolle geratenes Modellflugzeug. Ich stellte mir vor, dass sie im Flug weiße Kreidestriche auf den Himmel malte und dass ich diese Schrift lesen könnte wie die der Wolken. Und dass sie sich dann als totaler Blödsinn entpuppen würde. Wie das, was ich in diesem Moment selbst darüber aufschrieb.
Aber die Möwe war wohl nur in der Luft gestolpert und hatte sich schnell wieder gefangen. Sie winkte mir noch einmal zu, dann ließ sie sich endgültig vom Wind mitnehmen, und es war eine winzige Spanne Zeit vergangen, die mir lang vorgekommen war.

15 Uhr 23. Warum?

Ein Schiff erscheint wie ein Versprechen, eine seit langem herbeigesehnte Reise mit dem Menschen, den wir lieben, doch noch antreten zu können. Ein Schiff, das es zu diesem Zeitpunkt und an dieser Stelle gar nicht geben dürfte, wie ein Webfehler in der Realität. Das Schiff fährt einmal quer über die Netzhaut, durch das Wasser in meinen Augen. Dann nimmt es nicht den erwarteten Weg nach Triest, sondern ist plötzlich verschwunden. Es nimmt einen anderen

Weg durch die Zeit, wie ein Mensch, den man sofort wieder aus den Augen verliert. Aber man weiß, dass es ihn gibt.

Ein Gefühl, als ob die Zeit langsamer würde, sie nimmt sich jetzt Zeit. Will sie stehenbleiben? Die Welle steigt auf und hält an mitten im Überschlag. Die Möwe öffnet den Schnabel zum Ruf, der nicht mehr ertönt.
Ausgerechnet jetzt, mitten am Nachmittag, wenn der Strand voller Menschen ist und es jeder merkt?
Aber wann ist jetzt? Ist jetzt jetzt? Und jetzt, was ist dann jetzt?

Und wie lang ist jetzt?
Ich kann die Sekunden vergehen hören wie die Töne in einem Klavierstück, das immer langsamer wird. Aber was passiert zwischen den Tönen?

Eine Frau in einem langen weißen Sommerkleid, die einen Sonnenschirm in der Hand trägt, als gehörte sie in eine der gelb und weiß gestrichenen Villen an der Viale Dante, die vom Seebad der Habsburger übrig sind, Villa Reale, Villa Erica. Als hätte sie sich im Jahrhundert geirrt – oder habe ich mich im Jahrhundert geirrt? Habe ich mich und hat sich die Welt um mich herum im Jahrhundert geirrt? Die Frau schließt den Sonnenschirm und geht vorbei. Sie verschwindet in einem Wellental der Zeit. Oder gibt es die Frau gar nicht, und ich wünsche mir in diesem Moment nur, dass es sie gibt? Soll sie jetzt kommen?

Was hat sich wirklich ereignet im grauen Bereich zwischen 15 Uhr 31 und 15 Uhr 32? Finde ich etwas in der auseinandergefalteten Minute? Oder war da nur das träge Weiterströmen der Wirklichkeit? Ich kann spüren, wie der Tag durch mich hindurchzieht – aber was bleibt hängen?

15 Uhr 35. Nichts.

Was habe ich in den letzten fünf Minuten gemacht? Ich fürchte, dass ich die Flasche mit der roten Limonade längere Zeit in meinen Händen hin und her gewiegt habe und dabei nachdenklich, zumindest nicht uninteressiert der mal gegen das eine, mal gegen das andere Ende schwappenden Flüssigkeit zugeschaut habe. Ich habe auf diese Weise eine Welle erzeugt, deren schweres Anbranden an Flaschenhals oder -boden ein angenehmes Gefühl in meinen Händen hervorgerufen hat, und ich bin sicher, dass ich dies unbewusst in einem so regelmäßigen Rhythmus getan habe, dass ich es als Maß für die dabei vergangene Zeit hätte nehmen können. Dennoch hätte ich mich ungern dabei beobachten lassen.
Willst du noch einmal wie ein perfekter Idiot die Flasche in deinen Händen schaukeln?
In der Flasche war jetzt die Nachmittagssonne.

Passiert denn nichts? Passiert nichts, aber davon ganz viel? Und was passiert, wenn nichts passiert?

Ein Schiff wie ein Gedanke, den ich schon einmal gehabt habe. Das Schiff ist wohl nach Triest unterwegs, ich kann mich selbst an der Reling stehen sehen.
Ich bin nie in Triest gewesen.

Wie spät? Halb drei? Aber wie spät ist halb drei?

Das Meer ist bevölkert vom Kleingetier der Schlauchboote und Luftmatratzen, der Tretboote und Badeplattformen. Dahinter die Sport- und Segelboote und dahinter, aber durch die Entfernung klein wie alles andere, die Großschifffahrt nach Koper, Triest, Monfalcone. Wie Krümel auf einem verwaschenen blauen Tischtuch, das Falten wirft. Wie zufällig auf einem Blatt verstreute Notizen.

Halb drei, schon wieder.
Ein Schiff, das die Zeit anzeigt, indem es sich wie ein langsamer Uhrzeiger übers Wasser schiebt.

Um genau 15 Uhr 38 wird es 15 Uhr 38.
Willst du es nicht aufschreiben?

Auf dem Beton saß mein Schatten, und ich wartete nur darauf, dass ihm langweilig wurde, dass er aufstand und ging.
War dies die Langeweile, auf die ich insgeheim schon den ganzen Tag gewartet hatte? Die ich vielleicht sogar her-

beigesehnt hatte, und nicht nur an diesem Tag, sondern seit Jahren? Das befreiende, reinigende Nichts ... Ich hatte dieses Kindheitsgefühl jahrzehntelang vergessen gehabt, und erst als mein eigenes Kind in einem Alter war, in dem es Langeweile verspürte – vielleicht, weil es schon vertraut genug mit der Welt war, um vieles zu kennen, und zugleich vieles andere noch nicht sehen konnte –, war es mir wieder eingefallen. Als Kind hatte ich in regelmäßigen Abständen den Satz »Mir ist langweilig« hervorgequengelt, bis mir auch das langweilig wurde – und so machte es vierzig Jahre später meine Tochter und machten es vermutlich alle Kinder. Konnte es sein, dass ich jetzt dieses vergessene Kindheitsgefühl erneut entdeckte? Aber warum?

Liebe Silke, weißt du, wie lange es dauert, bis vierundzwanzig Stunden vergangen sind?

Langweilte mich der Ort, zu dem ich in den drei Tagen, die wir hier waren, keinen Zugang gefunden hatte und den ich vermutlich nie wiedersehen würde? Langweilte mich mein großartiger Plan, mich einen Tag und eine Nacht ans Meer zu setzen, in dem ich jetzt etwas Verbissenes und Verbohrtes erkannte, eine besonders prätentiöse Weise, mich meiner sozialen Verpflichtungen zu entziehen? Oder gab es hier für mich wirklich nichts mehr zu sehen? Hatte ich vielleicht alles auf eine so vertilgende Weise gesehen, dass jetzt nichts mehr da war, was ich noch einmal sehen konnte? Hatte ich hier mit einem fressenden Blick alles kahlgesehen? Aber hatte ich nicht umgekehrt den Eindruck, das Entscheidende noch gar nicht entdeckt zu haben? War das der wahre Grund für meine Langeweile, dass ich begriffen hatte, dass ich nichts sehen würde? Dass das Geheimnis ein Geheimnis blieb oder dass es gar keins gab?

Ich halte es für möglich, am Meer zu sein und es nicht zu sehen.

66 *Liebe Silke, so ein Tag am Meer kann schon unbeschreiblich öde sein. Wobei es in meinem speziellen Fall besser wäre, wenn er eher öde als unbeschreiblich wäre.*

Und? Was macht der Tag jetzt?
Ein Mädchen ... das auf mich zu tritt, als würde es mich kennen. Im ersten Moment glaube ich, das Kind von heute Morgen wieder vor mir zu haben, aber dann sehe ich, dass dieses hier älter ist, elf oder zwölf ... Als lägen zwischen dem ersten und dem zweiten Erscheinen des Mädchens mehrere Jahre.

Es musste fast fünf sein, als es endlich vier wurde und ich in die Zeit zurückfand. Ich musste dringend einen Kaffee trinken. Ich ging wieder ins Crema & Cioccolato und hoffte erneut, das Meer sähe es nicht. Statt dem Meer schaute

ich diesmal einem Typen zu, der zögerlich das benutzte Geschirr von den Tischen räumte und dabei aussah, als fragte er sich schon seit längerem, warum er es nicht einfach für den nächsten Gast stehen lassen konnte. Oder wollte er darauf warten, dass der Wind aufsprang und abräumte? Eine Weile dachte ich über die Eissorten in der Kühltheke nach – Fior di latte, Zuppa inglese, Cantucciata, Millefoglie, Cocco-Cioc, Cuore nero. Cuore nero?
Ich rief meine Frau an, aber es klingelte ins Leere. Vielleicht hatten die beiden den heißen Nachmittag auf dem schönen Minigolfplatz unter den Bäumen verbracht oder in den klimatisierten Shops der Fußgängerzone.
Dann sah ich in der Grünanlage vor dem Café die blonde Frau, die mich am Morgen bedient hatte. Sie führte wieder ihren Hund aus, offenbar hatten er und ich den gleichen Rhythmus. Als sie wieder im Café war, begriff ich, dass der Typ mit dem Geschirr vermutlich ihr Freund war, der sie für die Dauer ihrer Abwesenheit vertreten hatte. Der winzige Hund klemmte inzwischen wie eine Handtasche unter dem Arm der Frau, dann verstaute sie ihn wieder hinter der Theke.
Cuore nero?
Während ich in meinem Kaffee rührte, dachte ich, dass gerade jetzt, da ich das Meer für eine Viertelstunde aus den Augen ließ, dort das *ganz andere* passierte, das Niegesehene, aber wenn ich zurückkehrte, würde nichts mehr daran erinnern.

Und so ist es.

Die Uhr der Kathedrale, vier Schläge, schnell hintereinander wie aus Angst, es könnte etwas dazwischenkommen oder durcheinandergeraten.

Am Strand wird die Lautsprecherdurchsage von heute Mittag wiederholt – jetzt schon die Sonnenschirme und Badekabinen für die nächste Saison reservieren! –, nur die Temperaturen sind jetzt andere, 29 Grad Luft, 27 Grad Wasser.

68 Vor zwei Tagen waren wir hier baden gewesen, Schirm Orange B 283. Hinter der Wasserlinie fiel der Boden so langsam und vorsichtig ab, dass man weit hinauswaten musste, um schwimmen zu können. Das Meer war so warm, dass man das Gefühl hatte, nicht nass zu werden, es war, als ginge der Strand unter Wasser einfach weiter. Das Problem war das Seegras, das überall herumtrieb, wir hassten das Seegras, alle drei.

Als am Nachmittag die Ebbe gekommen war, wimmelte es in den Pfützen, Bassins und Prielen, die das abziehende Wasser hinterlassen hatte, von Einsiedlerkrebsen, die meisten kleiner als ein Fingernagel. Ich hatte die Tiere, von denen jedes ein winziges Schneckenhaus mit sich schleppte, auf Befehl meiner Tochter mit einem Sandeimerchen ins Tiefe umsiedeln müssen, um sie vor der drohenden Austrocknung zu bewahren, was ich halbher-

zig tat. Wo mochte sie jetzt sein? War sie mit ihrer Mutter erneut an den Strand gegangen, um weitere Einsiedlerkrebse zu retten? Und würden sie anschließend, auf dem Rückweg zum Hotel, bei mir vorbeikommen?
Ich erinnere mich, dass an unserem Strandtag ein dicker Mann eine Luftmatratze aufpustete und es so aussah, als pustete die Luftmatratze ihn auf.

Nein, ich möchte noch immer keinen Sonnenschirm und keine Badekabine fürs nächste Jahr reservieren!

16 Uhr 15. Als ob große Teile der Bucht plötzlich trockengelegt sind ... eine gelbbraune Sandlandschaft und nur ein schmaler blauer Streifen Wasser noch vor der slowenischen und der kroatischen Küste.
Du schaust dir seit Stunden das Meer an und siehst nicht, dass es nicht mehr da ist? Wo bist du, wenn du da bist?
Erst ein Blick auf die Seekarte machte mir klar, dass nicht eine Katastrophe, von der ich nichts mitbekommen hatte, den Golf von Triest austrocknen ließ, sondern dass es nur die Ebbe war, die eine Sandbank freigelegt haben musste, Banco Mula di Muggia. Sie lag in Sichtweite im Südosten, unmittelbar vor der Küste, es waren nur mein Blickwinkel und die geringe Höhe über dem Wasser, die es für mich aussehen ließen, als zöge sich das ganze Meer zurück.
Aber schön, dass es dir noch aufgefallen ist. Sonst noch was?

Eine Zeitung, in der der Wind blättert. Wie etwas, das man auf Fotos findet, wenn man eigentlich etwas völlig anderes aufnehmen wollte. Etwas, das sich aufs Bild geschlichen hat.

Der Mann hatte lange auf der Mauer gesessen, und als er aufstand, blieb die Zeitung, die er gelesen hatte, wie ein Abdruck zurück. Jetzt griff ich aus einer Mischung von Neugier und völligem Desinteresse nach dem Blatt. Es war der Messaggero, die örtliche Tageszeitung. Das Aufmacherfoto zeigte Flüchtlinge, die am Bahnhof von Udine auf dem Boden schliefen. Konnte ich aufs Meer hinausschauen und so tun, als sähe ich nicht die, die an seinem anderen Ufer in Boote stiegen, die wie für den Untergang gemacht schienen?
Aber siehst du sie denn?
Während der vergangenen Reisewoche hatte ich nur gelegentlich die Nachrichten verfolgt, aber mitbekommen, dass am 26. August, meinem Geburtstag, 51 Tote aus dem Rumpf eines Fischkutters geborgen worden waren, der auf dem Weg von Libyen nach Italien gewesen war.
Es war wenig, was man darüber lesen konnte. Ein schwedisches Schiff, die Poseidon, die im Auftrag der Europäischen Union südlich von Sizilien patrouillierte, war von der italienischen Küstenwache zu dem Kutter beordert worden, der einen Notruf abgesetzt hatte. Die Besatzung der Poseidon hatte zunächst 439 Überlebende aufgenom-

men und anschließend das Deck des hölzernen Bootes aufsägen müssen, um zum Laderaum vordringen zu können; vermutlich waren die dort eingesperrten Menschen durch die Motorabgase erstickt. Für die Überfahrt, hatte ich gelesen, waren an die Menschenschmuggler etwa 1600 Euro zu bezahlen, die Plätze unter Deck waren billiger. Der Fischkutter war in den Zeitungen abgebildet gewesen, er war nicht größer als die Schiffe, die ich am Morgen hatte zurückkehren sehen. Ebenfalls an diesem 26. August waren drei Frauen tot in einem mit 120 Menschen besetzten Schlauchboot entdeckt worden, und ein weiterer Flüchtling starb kurz nach seiner Rettung von einem anderen überfüllten Schlauchboot, das bereits dabei war, Luft zu verlieren. Vor drei Tagen schließlich, am 28. August, war gemeldet worden, dass zehn Kilometer vor der Küste Libyens zwei Boote gesunken waren, das eine mit mindestens fünfzig, das andere mit mindestens vierhundert Menschen an Bord. Es waren nur ungefähre Zahlen zu bekommen, es war noch nicht einmal klar, ob es tatsächlich zwei Boote gewesen waren, aber sicher war, dass in das Krankenhaus der libyschen Küstenstadt Suwara mehr als hundert Leichen gebracht worden waren, die das Meer angespült hatte; insgesamt rechnete man mit mindestens zweihundert Toten.

Etwa zweieinhalb- bis dreitausend Tote allein in der ersten Hälfte dieses Jahres.

Du hast dich an einen Friedhof gesetzt.

Aber eigentlich willst du jetzt gar nicht darüber nachdenken, oder?
Eher über das Licht und so.

Die Todesanzeigen, die der Messaggero vom 31. August abdruckt, gelten Oliviano Spadotto, 84, Renato Pirolo, 92, Rina Gonano, 86, Valentino Turesini, 72, Giosuè di Gaspero, 79, Umberto Zenero, 50, Emilia de Caneva, 88, Tullio Anzile, 80, Giovanni Plozzer, 62, Aldo Franco, 90, Giovanni Grilz, 89, Giuseppe Radina, 79.

72 Und jetzt?
Pompelmo.

Ich stand auf und tat ein paar Schritte, unsicher, als wäre ich selbst an Deck eines Bootes, dabei hatte ich nur zu lange gesessen. Ich ging wieder auf den Wellenbrecher hinaus. Ein paar Leute hatten Handtücher auf den Beton gelegt und sonnten sich, ein paar Jungen kletterten vorsichtig zwischen den zu beiden Seiten aufgeschütteten Felsbrocken herum. Auf halbem Weg hinaus steckte zwischen ihnen noch immer jener namenlose Gegenstand, den ich am frühen Morgen gefunden hatte, der Auspuff des Raumschiffs. Den Tag über war er mir nicht mehr aufgefallen, vielleicht hatte auch die Flut ihn für einige Zeit verborgen gehabt. Niemand hatte ihn hergeschafft, und niemand schien sich um seine Beseitigung kümmern zu wollen. Ein mehrfach

gekrümmtes Rohr von zwei Metern Länge mit einer Verdickung an einer Stelle. Was immer da vom Himmel gefallen oder angeschwemmt worden sein mochte, es erinnerte mich jetzt am ehesten an das selbstgebaute Musikinstrument eines Klangkünstlers; das Meer war der Klangkünstler. Oder das Ding war selbst Kunst, verwandt den beiden aus Metall gebogenen Delfinen, die ein Stück weiter aus dem Wasser ragten, und die ich, als ich sie am frühen Morgen zum ersten Mal gesehen hatte, für einen demolierten Schiffsanleger gehalten hatte und dann für Schrott.
Erst als ich lange genug das rätselhafte Teil zwischen den Felsbrocken betrachtet hatte, sah ich die Krabben. Sie waren darunter und ringsherum, als wollten sie es forttragen. Dann erst sah ich, dass sie überall waren. Sie waren schwarz und schnell wie große Spinnen. Einer der Jungen, die auf den Steinen balancierten, hatte Kescher und Plastikeimer dabei und machte Jagd auf sie. Der Eimer war halb voll mit Wasser, darin stapelten sich die schwarzen Krabben. Ich ging schnell weiter, bis zur Spitze des Wellenbrechers.

Und es breitet sich plötzlich eine dunkle Fläche vor mir aus, die kein Wolkenschatten sein kann, es gibt ja keine Wolken. Eine dunkle Fläche mit hellen Einschlüssen, die sich verformen, schließen, neu öffnen. Dahinter lagert blassblaues Meer bis zum Horizont, ein feines und sanftes Wasser wie ein weiches und glattes Stück Stoff. Ein riesiges Lichtspiel ist im Gange, und ich bin mitten darin. Alles hängt von dem Winkel ab, in dem die Strahlen der tieferstehenden Sonne jetzt auf die Schrägen der Wellen treffen. Jetzt tritt sogar, sehr weit entfernt, eine weiße Stadt an der Küste Istriens aus dem Dunst, als wäre sie gerade dort hingestellt worden und nur für mich ... wie eine Luftspiegelung mit Häusern aus Licht. Eine Stadt wie auf der anderen Seite des Meeres, auf einem anderen Kontinent. Aber welche Stadt? Die Orte, die ich bisher rechts neben Triest zu sehen glaube, sind Koper, Izola und Piran, dann, hinter einem deutlich erkennbaren Kap, verläuft sich die Küste scheinbar unbebaut in der Ferne. Da, wo jetzt die weiße Stadt aufgetaucht ist, gibt es auf der Karte eigentlich gar keine Stadt, die sich mir so zeigen könnte. Es sei denn, es handelte sich um Piran, aber was ist dann die Stadt, die ich bisher für Piran gehalten habe? Ist das Kap, das sich dunkel und deutlich abzeichnet, in Wirklichkeit viel näher an Triest? Bin ich den ganzen Tag falsch, haben sich meine Augen so verirrt?

In einem großen Halbkreis um Grado herum spannt sich jetzt das tiefe Blau. Eine empfindliche, aufgeraute, sich unter der Berührung mit Luft und Licht kräuselnde Oberfläche. Immer enger zieht sich der Halbkreis dieses Blaus um den Wellenbrecher. Inzwischen scheint sein Durchmesser nur noch ein paar hundert Meter zu betragen, aber wie schon den ganzen Tag befinde ich mich auch jetzt mitten in einer optischen Täuschung.

16 Uhr 27, die Turmuhr: ein Schlag. Eine zufällig über den Tag verteilte Zeit.
In Höhe des großen Apartmentgebäudes liegt übrigens ein Goldschatz im Wasser, vermutlich gar nicht tief, aber ich bin der Einzige, der davon weiß.
Eines der kleinen Fischerboote, die Treibnetze legen, fährt hinaus, ein zufällig aufkreuzender Einfall, nichts Wichtiges.

Im Südosten, in der Ferne über dem Meer, bildet sich der Abend. Noch ist der Nachmittag so mit sich selbst beschäftigt, dass er keine Notiz davon nimmt. Es kommt mir so vor, als müsste ich als Erstes die Schwimmer war-
nen, deren Köpfe wie kleine Bojen auf dem Wasser tanzen. Die Leute, die auf den hölzernen Piers herumspazieren, die ins Meer führen. Dann die Leute am Strand warnen. Der Abend! Der Abend kommt! Eine bräunliche Schicht über dem Horizont, als würden dort, am anderen Ufer des Meeres, ganze Wälder brennen. Der Abend, der Abend! Eine dunkle Fläche auf dem Meer schiebt sich auf mich zu, als wäre auch der Schatten des Abends schon unterwegs.

Liebe Silke, ich kann diese Ansichtskarte erst morgen einwerfen, weil ich heute den ganzen Tag (und der hat 24 Stunden) am Meer sitzen will und das auch tue.
Kannst du ihr nicht einfach das schreiben, was jeder normale Mensch auf Postkarten schreibt?

Ich griff noch einmal zu der roten Limonadenflasche und hielt sie mir vor Augen, wie man eine Urinprobe auf Auffälligkeiten untersuchen mochte. Der Rest des sogenannten Getränks schien eine noch intensivere Farbe angenommen zu haben, sei es, weil die tiefstehende Sonne es durchleuchtete, sei es, weil in der Wärme chemische Spaltprodukte entstanden waren, die das Licht anders reflektierten. Ich gab der Flasche aus dem Handgelenk eine schnelle Drehung und sah zu, wie die Flüssigkeit an der Innenwand herumfuhr.
Willst du über diese Limonade nachdenken oder über das

Meer?

Liebe Silke, alles Gute zu Deinem Geburtstag. Wenn ich irgendwann mal hier aufstehe, würde ich Dich gern wiedersehen.

18 Uhr 11. Ein sehr großes Schiff, ein Tanker, verlässt den Hafen von Triest, wie hinausgezogen von einem Magnetberg jenseits des Meeres.
Die Markierungstonnen, die die Bootszone um den Strand herum anzeigen, leuchten plötzlich feuerrot, und es kommt mir vor, als gäbe es sie erst jetzt.
Ein zweites Schiff folgt dem ersten in einigem Abstand, als dürfe es vom ersten nicht gesehen werden.

Ich sah mich um. Auf dem Strand lag schon das Bernsteinlicht des frühen Abends, als blickte ich durch eine Sonnenbrille mit braunen Gläsern. Es war ein Licht, das alles schön machte, für eine Stunde.
Der Junge in Shorts, der zehn Stunden zuvor die Sonnenschirme geöffnet hatte, begann mit dem Abbau. Er fing an der gleichen Ecke an wie am Morgen, und er arbeitete nach dem gleichen Muster, erste Reihe, zweite Reihe, erste Reihe, und erst wenn er auf seinem Abschnitt die beiden ersten Reihen fertig hatte, würde er sich den beiden Reihen dahinter zuwenden. Er hob jede der Liegen auf Hüfthöhe, klappte sie in die Ausgangsstellung und warf sie dann mit geübtem Schwung in die richtige Position zu beiden Seiten des Schirms. Dann schloss er den Schirm und schlang mit einer raschen Bewegung das Seil herum, das ihn zusammenhielt.
So wurde der Tag abgebaut.
Schweres Licht floss und machte die Dinge weich und ihre Kanten rund. Ich dachte an golden in der Luft zerstäubten Weihrauch und Sonne hinter Kirchenfenstern, die alles feierlich machte. Die Luft selbst war farbig, jedes einzelne Molekül.
Dann setzte Lounge-Musik ein, und ich sah, wie in der Bar Max'in das Abendgeschäft vorbereitet wurde.
Ich ging – zum wievielten Mal? – den Wellenbrecher hinaus.

Das Meer streckte seine dunklen Arme aus und schien die Stadt in die Zange zu nehmen. Eine Meereshaut voller Verletzungen, picklig und porös wie am Morgen.
Rechts von mir, nach Westen zu, schweißte die Sonne eine gleißende Spur ins Wasser, sie reichte von mir bis zum Horizont. Links leuchtete der Strand, als wären überall Feuer entzündet. Aber ich konnte zusehen, wie das Licht langsam zurückkroch und die langen Schattenzeiger der Dinge weiterrückten.
Weiter hinten, in den Hängen von Triest, erschien ein einzelnes Licht. Es war das erste, das ich erkennen konn-

te, aber vielleicht war es nur eine Spiegelung der Sonne, wie ich sie am Mittag als Blitzen über dem Meer gesehen hatte.
Eine Schwimmerin, weit draußen, mit ruhigen, sicheren Zügen, die wusste, wo sie hinwollte. Mir fiel die Frau im blauen Bademantel ein, die an diesem Morgen als Erste im Wasser gewesen war ... als ob sie erst jetzt zurückkehrte.

Die Rufe am Strand werden langsamer, sie kommen später bei mir an. Sogar das Licht wird langsamer.
Das Kupferlicht des Abends. Als würden die Dinge selbst ihre Farbe verändern, tief von innen heraus.

Eine Gruppe bewegungsloser Menschen, um ein an Land gezogenes Ruderboot herum aufgestellt wie lebensgroße Spielfiguren.

Zwei Jungen, die auf dem Sand ein Wettrennen machen, bei dem sie nie ins Ziel kommen.
Eine einzelne Möwe, grellweiß, wie ein durch die Luft wirbelndes Blatt Papier.
Und jetzt?

Das zweite Schiff, das hinausgefahren ist, schwebt mit seinem roten Rumpf über dem Wasser. Das erste ist schon weit weg, es scheint jetzt schneller zu fahren, als näherte es sich einem gigantischen Wasserfall.
Die weiße Stadt auf der anderen Seite der Welt verschwindet. Die andere Seite der Welt verschwindet.
Und jetzt? Und jetzt?

Um Viertel nach sieben dachte ich, ich würde die Sonne im Meer versinken sehen. Dann, dass es knapp werden würde, vielleicht würde sie auch bei Lignano über dem flachen Land verschwinden oder, wenn es schlecht lief, hinter den Häusern von Grado. Das moderne Gebäudeensemble an der Promenade sah jetzt wie eines der Kreuzfahrtschiffe aus, die ich am Morgen aus der Ferne gesehen hatte, aber nicht strahlend weiß, sondern dunkel im Gegenlicht, ein schwarzer Ozeandampfer, der nie in See stechen würde.
Ein paar Touristen waren auf den Wellenbrecher hinausgekommen und fotografierten sich gegenseitig. Ich hatte das Gefühl, im Weg zu sein, entweder stand ich zwischen dem

Fotografen und den Fotografierten oder ich stand zwischen den Fotografierten und der Sonne. Vermutlich würde auf den Fotos mein Kopf statt der Sonne den Hintergrund bilden, aber das würden sie erst zu Hause merken.

Die Sonne schwamm auf der roten Luft über dem Horizont, die Luft brannte. Aber etwas stimmte nicht. Es war 19 Uhr 25, und die Sonne sank nicht. Sie sank nicht planmäßig. Stattdessen fraß sie sich in die rote Luftschicht unter ihr, bis eine Mulde entstanden war, in der sie für Minuten zur Ruhe kam. Sie schien jetzt unschön in die Breite zu gehen, und ich merkte, wie sich unter den Fotografierenden Unruhe verbreitete. Würde sich das perfekte Bild womöglich nicht einstellen?

Um 19 Uhr 36 hatte die Luftschicht über dem Horizont eine grauviolette Färbung angenommen, wie ich sie mit Wunden oder Schmerzen in Verbindung brachte. Sie stand da wie eine Gewitterfront, die sich nach oben hin scharf von roten und lachsfarbenen Schichten abgrenzte. Da, wo die Sonne von oben in die grauviolette Wand eindrang, war eine Kerbe entstanden, aber die Wand schien sich auch an dieser Stelle schließen zu wollen. Etwas griff jetzt von unten nach der Sonne und zog an ihr. Aber sie hielt sich, sie sank nicht.

Dann ging es schnell. Um 19 Uhr 37 erschien genau über der Stelle, an der die Sonne in der Wolke zerging, der helle Komet eines Kondensstreifens, und die dunkle Wand hob sich ein wenig.

So war der Sonnenuntergang am 31. August.
Gestern war er schöner.

19 Uhr 50. Die Promenadenbeleuchtung schaltet sich ein, ein falsches Abendrot.

Die Sonne schweigt. Kein Laut dringt durch die Wolkenwand.
Aber auch sonst ist es still. Als ob die Geräusche selbst wissen, dass sie leise sein müssen, wenn der Abend kommt.
Die Sonne ist verschwunden, aber ihr Licht ist noch da, es schwimmt, leichter als Wasser, auf der Oberfläche des Meeres. Oder hat es sich den ganzen Tag schon hineingemischt, so dass ein neuer Stoff entstanden ist, Lichtwasser, Wasserlicht?
Auch sonst hält sich das Licht. Es hat sich losgemacht von der Sonne und klebt noch an den Dingen, von denen es sich jetzt nur langsam löst. Es kommt mir vor, als würde irgendwo noch eine kleine Sonne brennen oder der Schein der längst untergegangenen Sonne über ein kompliziertes Spiegelsystem herbeigeleitet.
Im Westen steht das Abendrot wie eine Wand, im Südosten die Gegendämmerung mit dem graublauen Erdschattenbogen über der schiefergrauen Küste. Als spiegele sich das Abendrot dort. Ich habe keine Ahnung, welchen Weg das Licht nehmen muss, um dort oben die Luft leuchten zu lassen. Wo es überhaupt herkommt.

Die Sonne scheint aus der Tiefe des Meeres.

Das Licht, das heute in mich eingedrungen ist, ist noch in mir, es wärmt noch von innen – aber wie lange noch? Es fehlt der Nachschub, man muss jetzt auskommen mit dem, was da ist.

Das Wasser, alles, strahlt die Wärme ab, die es den Tag über gespeichert hat. Ich kann fast hören, wie die Dinge knackend auskühlen, wie sich zusammenzieht, was sich in der Hitze tagsüber ausgedehnt hat.

Jeder Gegenstand wird einzeln müde und kommt zur Ruhe.

Der sich von jedem einzelnen Ding persönlich verabschiedende Tag.

Aber noch wissen die Dinge nicht, ob sie wachbleiben sollen oder sich schlafen legen!

Verabschiede dich! Verabschiede dich von allem und jedem, auch die Tretboote auf dem Strand müssen schlafen, und selbst die Pinien an der Promenade klappen bald ihre Schirme zu.

Ein Dämmerlicht, wie es tagsüber im Inneren von Sant' Eufemia herrscht, ein uraltes Licht, das vermutlich schon beim Bau der Basilika hineingeraten und jetzt dort gefangen ist, für immer gefangen ist, ein heiliges Kellerlicht.

Die Lichter erwachen, eins nach dem anderen.

Nimmt die Helligkeit ab, oder wird die Dunkelheit mehr?

Wo kommt sie denn her, die Dunkelheit? Führt sie der

Wind, der noch immer aus Osten kommt, mit sich? Hat er sie in den slowenischen Bergen, im ganzen Südosten Europas zusammengerafft? Und ist er nicht stärker geworden, der Wind, schwerer? Ein Finsterniswind, wie er während einer totalen Sonnenfinsternis auftritt, wenn die Temperatur in Minutenschnelle sinkt.
Der Wind trägt die Dunkelheit wie feinen Ruß herbei.
Ich kann die Dunkelheit riechen.

Aber die Dunkelheit entsteht nicht in den Bergen, sie ist der Weltraum, der immer mehr sichtbar wird, als näherte er sich der Erde.
Ist das die Stelle, wo die Nacht eindringt?
Die Dämmerung fällt von oben auf die Welt herunter.
Es wird so vorsichtig dunkel.

Licht, jenseits des Horizonts entstanden.
Halblicht. Licht, das vom Tag übrig ist, müdes Licht.
Ein Licht, das es später erscheinen lässt, als es ist.

Ganz sacht sinkt der Tag in sich zusammen. Fast unbemerkt verläuft er sich auf der Promenade. Ganz langsam wird er langsam.
Ich kann fühlen, wie seine Dichte abnimmt, seine Anwesenheit schwächer wird, wenn sich die Nacht näher schiebt.
Willst du noch etwas bleiben, Tag?

Ich sah den Strand jetzt wie auf einem unterbelichteten Foto. Gab es noch etwas, das ich sehen müsste, bevor es endgültig dunkel wurde? Bevor es zu spät war?
Das Licht schwand, vielleicht wurde es irgendwo eingesogen, in einen kosmischen Abfluss jenseits des Horizonts. Die Dinge lösten sich auf, verloren erst ihre Umrisse und dann ihre Substanz. Alles wurde undeutlicher, als würde ich es ohne meine Brille betrachten.
Hatte ich genug gesehen? Hatte ich das Richtige gesehen? Das Wichtige? Jetzt war die letzte Gelegenheit. Oder war ich blind in den Tag hineingegangen und blind herausgekommen? Man konnte dem Meer nicht vorwerfen, dass es immer das Gleiche tat, aber ich konnte mir vorwerfen, dass ich immer das Gleiche sah. Insgeheim staunte ich darüber, wie lange man am Meer sitzen und wie wenig einem dabei auffallen konnte. Ich hatte *aufs* Meer gesehen, aber ich hatte nicht *das* Meer gesehen. Das Meer war nichts von dem, was ich gesehen hatte. Ich war noch nicht mal nass geworden.

20 Uhr 15. Ich habe das Gefühl, ein Foto zu betrachten, auf dem durch einen Zufall das Wichtigste, das, was der Fotograf eigentlich aufnehmen wollte, fehlt.
Da, wo das Meer liegt, ist eine weggezauberte Landschaft gewesen, zurückgeblieben ist nur eine riesige Brachfläche. Das Meer ist die Lücke, eine leere Stelle, eine Aussparung in der Wirklichkeit, nichts außer Schweigen. Die Leere

ist kaum aushaltbar ... als wäre dort bis eben noch etwas gewesen, etwas ungeheuer Großes und Bedeutsames, das nun nach seinem Verschwinden diese Leere hinterlassen hat ... eine spürbare Abwesenheit.
Eine leere Landschaft, über der sich das Nichts erhebt.

20 Uhr 30. So lange hält das Wasser das Sonnenlicht fest.

Ich sehe dem Tag nach, wie er davonzieht. Es ist schön, dass er da gewesen ist. Es ist schön, dass er geht, er wird woanders gebraucht.
Oder bin ich es, der abreisen muss? Die Abreise aus dem Tag hat begonnen, sie ist unaufschiebbar.
Ein Licht, wie es ein paar Meter unter der Wasseroberfläche herrschen mochte.
Ich habe das Gefühl, dass es hinuntergeht, immer tiefer hinunter.
Sogar die Uhr läuft jetzt schneller.
Aber was, wenn er noch einmal umkehrt, der Tag? Was, wenn er den Weg nach Westen nicht findet?
Ein Restlicht, ein Rest Licht.
Lässt uns das Licht jetzt los?

Es ist dunkel. Die Zeit ist weg.

Nach den vielen Stunden, die ich aufs Meer geblickt hatte, fühlte ich mich seekrank, ohne einen Fuß auf ein Schiff gesetzt zu haben. Mir war schwindlig, aber vielleicht hatte ich auch nur zu wenig getrunken. Ganz sicher hatte ich zu wenig getrunken. Oder hatte ich es geschafft, einen Jetlag zu bekommen, ohne eine Reise gemacht zu haben? Wahrscheinlich hatte sich dadurch, dass ich mitten in der Nacht aufgewacht war, weit vor Sonnenaufgang das Hotel verlassen und jetzt das Dunkelwerden erlebt hatte, mein Zeitgefühl verwirrt. Oder hatte ich nur Angst vor der Nacht, den langen leeren Stunden, die kommen würden? Ging ich hinein wie in ein fremdes Zimmer, das zu groß und zu dunkel war und das man nur auf Zehenspitzen betritt?

Etwas –
Ist das der Mond? Nein, was –

Ich hatte in Richtung Triest geblickt – ein ruhiges, gleichmäßiges, fast passives Sehen, das das, was es gab, einfach kommen ließ –, als links der Stadt ein Licht aufschien und im nächsten Moment zu einem roten Streifen auseinanderfloss, der die Kontur des davor liegenden Berges nachzog. Vielleicht war es diese Bewegung im Augenwinkel – der rote Streifen wurde rasch größer –, die mich zum Hinschauen gebracht hatte.
Es war 20 Uhr 50, als der Mond aufging, genau die Zeit, zu der am Westhimmel das letzte Tageslicht verschwand. Und er ging genau dort auf, wo am Morgen die Sonne erschienen war. Es kam mir wie ein wunderbarer Zufall vor

und ließ mich – da ich über keinerlei ernüchternde astronomische Kenntnisse verfügte – eine Ordnung, Harmonie und Verlässlichkeit der Natur erkennen, die mich innerlich ruhig werden ließ. Es war halb acht am Morgen gewesen, als mir der Mond ein letztes Mal aufgefallen war, über dem hereinkommenden Fischerboot mit den schwarzen Fahnen. Er war gerade dabei gewesen, sich in der Himmelshelligkeit aufzulösen, so als würde es ihn nie mehr geben. In Wirklichkeit war er einmal um die Erde herumgegangen und hob nun – rot, rund und riesig wie ein freundlicher Barbapapa – seinen Kopf.
Ich hatte lange keinen solchen Mond mehr gesehen, er beruhigte und beunruhigte mich zugleich. Sein Gesicht strahlte eine große Friedfertigkeit aus, aber seine Größe und Farbe hatten etwas Unheimliches. War hinter dem rußgeschwärzten Glas der Dunkelheit plötzlich und außerplanmäßig die Sonne aufgegangen? Oder war dort über den Bergen ein fremder Himmelskörper erschienen, der der Erde unerwartet nahe gekommen war?

Als der Mond höher stieg und allmählich kleiner und heller wurde, versuchte ich die Welt um mich herum in der Dunkelheit wiederzufinden. Die Lichter von Triest lagen wie hingestreut von der hohlen Hand der Hänge, die Reihe starker orangefarbener Lichter rechts davon musste der Hafen von Koper sein, und wiederum rechts davon lagen die weißen Sternhaufen von Izola und Piran.

Triest. Koper. Izola. Piran.
Oder war alles ganz anders? Ich konnte – trotz meiner Seekarte – weder bei Tag noch bei Nacht Gewissheit darüber erlangen, was ich da wirklich vor mir hatte. Auch die Signalfeuer für die Schifffahrt, die ich erkennen konnte, halfen mir nicht weiter. Auf der Seekarte waren sie akkurat verzeichnet: Farbe des Signallichts, Art des Signallichts – blinkend oder blitzend –, Blink- oder Blitzrhythmus. Jedes Licht hatte seine eigene unverwechselbare Signatur und war auf der Karte eindeutig aufzufinden. Aber es war zwecklos, sie hervorzuholen, es war viel zu

dunkel. Nur bei einem weißen Licht, das immer zweimal blinkte und dann kurz pausierte, war ich mir sicher: Das war der Leuchtturm von Triest, Faro della Vittoria. Weiter rechts, dort, wo ich Koper vermutete, befand sich ein sechsmal hektisch hintereinander blinkendes Licht, das beim siebten Aufleuchten kurz verharrte und dann eine Pause einlegte, bevor es von neuem begann. Oder war das gar nicht bei Koper, sondern ein Leuchtfeuer mitten im Meer, das die Sandbank markierte? Und was war, noch weiter rechts, jenes weit entfernte kreisende Licht, das mir gleichzeitig rot und weiß vorkam und das bei jeder Umdrehung die Ahnung einer Landschaft hervorrief? Wo stand dieser Leuchtturm, der den Schiffen sagen sollte, wo sie waren?

Wo bin ich?

Vor mir liegt die breite Nacht, das andere Ufer ist nicht zu sehen. Ein tiefer Graben trennt uns vom Morgen.

Schau dich um.

Die Kronen der Schirmpinien schweben dunkel vor den in gelbliches Licht getauchten Fassaden der Apartmentgebäude.
Der Strand ist leer, aber ich kann die Rufe und Freudenschreie der Kinder immer noch hören.
Die Laternen der Promenadenbeleuchtung, die immer weiter ins Dunkel gehen.
Fledermäuse, die über den Lichtern durch die Luft zucken.
Möwen, die auch im Schlaf fliegen.
Die Musik aus der Bar wärmt mich.

Wo bist du?

Dunkelheit umspült mich, die weiche Dunkelheit.
Die weiche und nachgebende Dunkelheit, die mich aufnimmt.
Die fließende Nacht.
Die von Ost nach West vorüberrauschende Nacht.
Die jetzt gleichmäßig mit Nacht bedeckte Welt.

Von der höhergelegenen Bastion aus sah ich auf den Wellenbrecher hinunter. Ein Mann betrat ihn und ging hinaus, er trug ein T-Shirt, das im Mondlicht leuchtete. Ich hatte das Gefühl, das Negativ eines Fotos zu betrachten, bei dem alles, was tagsüber hell gewesen war, sich nun in Graustufen abbildete, zwischen denen einzelne weiße Flecken erschienen. Der Mann entfernte sich, und ich konnte zusehen, wie er sich in der Dunkelheit auflöste. Dann betraten mehr Menschen den Wellenbrecher und gingen ebenfalls hinaus, ein Pärchen, eine Familie, ein paar junge Leute, und auch sie verschwanden still vor meinen Augen, noch bevor sie die Spitze des Wellenbrechers erreicht hatten. Nach einer Weile traten die ersten wieder aus der Dunkelheit hervor, aber ich hatte das Gefühl, dass es weniger waren, als ich hatte hineingehen sehen.

Nach einer Weile ging ich selbst hinaus, aber ich bekam nicht den Eindruck, dass es um mich herum dunkler wurde, je weiter ich hinauskam. Ich blickte zur Landseite und hatte alles klar vor mir. Auf der Mauer, die die Promenade zum Meer hin abschloss, saßen ein paar Jugendliche und ließen die Beine baumeln, auf dem Wasser in Ufernähe schwamm buntes Licht.

Der Wind hatte sich seit dem Morgen kaum verändert, und dass ich mit Einbruch der Dämmerung das Gefühl gehabt hatte, er sei stärker geworden, kam mir nun wie eine Täuschung vor. Ein leichter, nahezu gleichmäßiger Winddruck wie eine einzige sanft anhaltende Böe. Irgendwo in der Nacht musste sich der eigentliche Wind verstecken – worauf wartete er?

Im DeSpar-Supermarkt in der Viale Europa Unita hatte ich bei Desiree S. auch ein Tütchen Pistazien gekauft, Nahrung für Leute, die mehr Zeit und Geduld hatten als Hunger. Ich setzte mich auf einen der Felsen und öffnete es, die Karikatur eines Südländers.

Triest. Koper. Izola. Piran.

Schon nach kurzer Zeit merkte ich, wie die scharfkantigen Schalen mir die Nagelbetten der Daumen zerschnitten.

Triest. Koper. Izola. Piran.

In dem Tütchen war die Zeit.

Ich sah zu, wie sich allmählich die Schalen um mich herum ausbreiteten. Da lagen die Minuten.

Da liegen die Minuten.

Ich kann spüren, wie der Tag sich entfernt.

Aber die Flut kommt, das Meer, das langsam nach mir greift.

Es war 21 Uhr 30, als die Mädchen auf den Wellenbrecher kamen, vielleicht hatten sie ihn mit einem Laufsteg verwechselt, der mitten ins Meer gebaut war. Ich hörte die Musik aus ihren Handys schon von weitem und hoffte, dass die hundert Meter hinaus ihnen zu weit wären und sie auf halbem Weg erschöpft haltmachen würden. Als sie bei mir waren und sich direkt hinter mir auf dem Beton niederließen, hörte ich, dass sie sich in einer slawischen

Sprache unterhielten. Es war nicht so, dass sie mir keine Beachtung schenkten, es war eher so, dass sie mich überhaupt nicht sahen. Bestenfalls hielten sie mich für einen der Felsbrocken des Wellenbrechers, aber die sahen sie vermutlich genauso wenig.

Die Mädchen mochten vierzehn oder fünfzehn sein, vielleicht waren sie aus Slowenien oder Kroatien hierhergekommen, auf einer ersten kurzen Reise ohne ihre Eltern. Jetzt saßen sie in einem halbtoten Badeort für Familien und starrten erwartungsvoll auf ihre Smartphones, bleich wie Vampirfrauen, die das falsche Mondlicht ihrer Displays geweckt hatte. Zwei der Mädchen waren dünn und dunkelhaarig, mittlere Schönheiten mit ruckartigen Bewegungen und schmalen, überraschend harten Gesichtern, aber vielleicht war es nur das Licht, das ihnen diese Härte verlieh. Die Dritte war genauso, aber blond, und auch wenn es sonst keine Ähnlichkeit gab, sah ich in ihr schon meine Tochter, wie sie bald sein würde, als hätte mich jemand einen Blick in die Zukunft werfen lassen. Wie lange noch würde sie ihre Eltern auf deren Reisen begleiten? Wohin würde die Zeit sie führen, und mit wem würde sie unterwegs sein?

Ich stand auf und ging ein wenig hin und her, als müsse ich mir die Beine vertreten. Auch jetzt schienen die Mädchen meine Anwesenheit nicht zu bemerken. Ein alter Traum war in Erfüllung gegangen, ich war, nachdem ich es den ganzen Tag geübt hatte, endgültig unsichtbar ge-

worden. Aber leider funktionierte es offenbar nur bei jungen Frauen.
Ab und zu blickte ich den dreien verstohlen über die Schulter. Sie tippten auf den Bildschirmen, kicherten und schrien ein bisschen herum, dann tobten wieder Videos über die Displays, und aus den Geräten krächzte erneut die auf höchste Lautstärke gestellte Musik. Einmal erschien auf einem der Smartphones das Gesicht eines Jungen, das von gemeinschaftlichem Gelächter begrüßt wurde. Ich begriff nicht, ob es sich um ein selbstgedrehtes Video handelte oder ob sie direkt mit ihm in Verbindung waren, denn so sah es aus, aber der Junge schien zu weinen, was die drei Meerjungfrauen mit einem fast hysterischen Lachen beantworteten.
Die Mädchen blieben lange, und allmählich wurden sie ruhiger. Mir fiel auf, dass sie weder rauchten noch tranken oder etwas aßen, sie hatten nichts dabei als ihre Handys, die sie irgendwann neben sich gelegt hatten. Aus einem drang noch immer leise Musik, aber die Mädchen schienen ihr nur noch einen kleinen Teil ihrer Aufmerksamkeit zu widmen. Sie blickten jetzt öfter in die Ferne, unterhielten sich, schwiegen sogar und stießen sich mit den Schultern gegenseitig an, was ihnen ein Gefühl der Zusammengehörigkeit geben musste. Ich war davon überzeugt, dass sie mich noch immer nicht gesehen hatten, aber umgekehrt war ich jetzt froh, sie zu sehen. Es war immer kühler und feuchter geworden, die Dunkelheit dichter, und die

Mädchen verbreiteten eine Helligkeit und Wärme, die das Letzte waren, was vom Tag übrig war.

Es war kurz nach zehn, als ich auf der Promenade die Zigaretten herauskramte. Es waren fünfundzwanzig Jahre alte Kretek, die meine Frau, als sie noch lange nicht meine Frau war, von einer Reise nach Indonesien mitgebracht hatte. Immer hatten wir uns vorgenommen, sie im passenden Moment zu rauchen, aber der passende Moment war nie gekommen, oder wir hatten ihn nicht bemerkt.
Ich stand auf und hielt Ausschau nach meiner Familie, vielleicht waren die beiden in dem Konzert gewesen, das um neun in der Basilika begonnen hatte, auch wenn der Rückweg ins Hotel nicht unbedingt hier vorbeiführte. Anrufen oder angerufen werden konnte ich nicht mehr, der Akku des Telefons war längst leer.
Ich zündete eine der Kretek so vorsichtig an, als hielte ich eine Lunte zwischen den Fingern. Ich war ja kein Raucher, ich wollte nur gerade einer sein. Im Wind hatte ich Mühe, bis sie brannte, dann erschien eine Art Stichflamme an der Spitze, und es entstand ein Knistern und Funkensprühen, das an eine Wunderkerze denken ließ. Ich zog daran, und sofort begann das Knistern und Funkensprühen aufs Neue, die Kretek war völlig ausgetrocknet. Erschrocken sah ich mich um; obwohl um mich herum alles aus Stein und Beton war, hatte ich das Gefühl, die ganze Umgebung in Brand zu stecken. Gleichzeitig ent-

wickelten sich beißende Qualmwolken, die der Wind mir erst ins Gesicht und dann über die Schultern in Richtung der Flanierenden trieb. Es waren jetzt hauptsächlich Familien mit Kindern unterwegs, die Eltern müde, die Kinder wach ... wacher als wach. Ich sah niemanden sonst mit Zigarette und fragte mich, ob das Rauchen auf der Promenade überhaupt erlaubt war oder ob ich ein paar Verbotsschilder übersehen hatte, vietato fumare. Ich sah auch keine Aschenbecher oder Zigarettenstummel auf dem Boden. Aus Unsicherheit rauchte ich hastig und versuchte zu vermeiden, den Qualm auszustoßen, wenn Kinder vorbeikamen. Ich verursachte inzwischen eine Rauchentwicklung, die an die eines brennenden Mülleimers erinnerte.

Die zweite Kretek steckte ich mir ein paar Meter abseits an, wo ich den Filter der ersten ins Blumenbeet gedrückt hatte. Sie zündete mit dem dumpfen Geräusch einer Verpuffung und kokelte dann ruhig vor sich hin. Auch hier, ganz am Rand des Menschenstroms, hatte ich das Gefühl, fehl am Platz zu sein, ich sah noch immer keine anderen Raucher. Erst allmählich, nach der dritten oder vierten, wurde ich ruhiger.

Triest. Koper. Izola. Piran.

Die Orte an der schräg gegenüberliegenden Küste kamen mir, obschon nur etwa dreißig Kilometer entfernt, unerreichbar vor, phantastisch wie Siedlungen auf einem anderen Planeten.

Ich nahm die kleine selbstleuchtende Sternkarte zur Hand, die ich mitgebracht hatte, und drehte sie unschlüssig in meinen Händen. Auch sie war vor Jahren ein Geschenk meines Freundes gewesen, auch sie war eine Seekarte, eine Seekarte des Himmels. Ich hatte sie noch nie benutzt und keine Ahnung, wie ich sie überhaupt halten musste, und als ich es herausgefunden zu haben glaubte, hätte die Karte ebenso gut den Himmel über Alpha Centauri zeigen können. Aber natürlich war die Karte richtig. Ich war falsch. Ich war auf Alpha Centauri.

96 Als ich die Brille abnahm, wurde alles undeutlich, und die Sterne und Lichter sandten nach allen Seiten Strahlen aus wie die Sterne in Kinderbüchern … als sähe ich nun alles bisher Übersehene, das Unsichtbare, das im hellen Tageslicht Verborgene. Ich war nicht müde, aber etwas in mir begann die Vorhänge hinter meinen Augen zuzuziehen, und ich fühlte, wie sich Wärme in mir ausbreitete. Obwohl ich mit den Kretek aufgehört hatte, drehte sich der Rauch noch immer in Spiralen durch meine Adern. Als er mein Gehirn erreicht hatte, begriff ich plötzlich, dass es noch weit mehr über das Meer zu wissen gab als das, was ich im Laufe dieses Tages herausgefunden hatte.
Und was?

Am Abend, sobald es dunkel ist, ziehen große Schwärme hochfliegender Seeadler hinaus aufs Meer, um am Mor-

gen noch vor dem ersten Licht zurückzukehren. Niemand weiß, was sie dort draußen tun, und auch, ob es sich wirklich um Seeadler handelt und wann sie hinausfliegen und wiederkehren.
Umgekehrt nähern sich jeden Abend riesige Fischschwärme dem Strand und betrachten aus gebührendem Abstand das leuchtende Spektakel an Land.
Muscheln und Steine unmittelbar an der Wasserlinie verwandeln sich an der tiefsten Stelle der Nacht in Steine und Muscheln.
In Nächten, in denen sich kilometerweit draußen eine Nebelwand bildet, fängt sich darauf das von der Stadt ausgesandte Licht. Dann erscheint am Horizont ein etwas unscharfes Abbild der Stadt, das für Minuten bestehen bleibt und von den Seeadlern leicht durchflogen werden kann.
Was man hingegen in jeder Neumondnacht beobachten kann – allerdings nur aus dem Weltraum und nur wenige Sekunden lang –, ist das sogenannte große Leuchten, das von Algen hervorgebracht wird, die starke Impulse biolumineszenter Lichtenergie an die Oberfläche schicken. In der Zukunft wird es möglich sein, dieses Leuchten mit Hilfe großer, am Himmel befestigter Spiegel auf die Erde zurückzulenken, um so für kurze Zeit die Nacht zum Tag zu machen.

Sogar die Möwen versteht man im Dunkeln besser.

Ich hatte mich auf das Mäuerchen am Rand der Promenade gesetzt und mir eine letzte Kretek angezündet, sie brannte wie eine Fackel. Ich hielt sie am ausgestreckten Arm, als wäre sie ein Feuerwerkskörper, der jeden Moment explodieren konnte, und sah zu, wie sie der Wind rauchte ... wie sie sich selbst rauchte. Jedes Mal, wenn ich an ihr zog, knisterte es, als geriete Stroh in Brand, und von der Spitze sprangen Funken wie bei einem Zauberstab, mit dem ich glücklich mal aufs Meer, mal zu beiden Seiten gestikulierte.

98 Der Blumenstrauß eines Feuerwerks: steht für eine Sekunde lautlos über der slowenischen Küste und zerfällt. Eine einzelne Garbe, als habe das Geld nicht gereicht oder als wäre für mehr kein Anlass. Oder habe ich nur den Schluss gesehen? Ein nur in meinem Kopf abgebranntes Feuerwerk, das Feuerwerk meiner Erinnerungen?

10 Uhr 23. Die Sirene eines Krankenwagens. Nein ...

Es war 23 Uhr 10, als ich die Sirene hörte. Die typische Sirene eines italienischen Krankenwagens, ein stechender Alarmton und darüber ein Geräusch, als drücke der Patient im Inneren des Fahrzeugs unablässig eine quäkende Kinderhupe.
Ich spürte, wie ich langsam auskühlte. Die Rauchspiralen in meinen Adern hatten sich zuletzt immer langsamer ge-

dreht und schließlich ganz aufgelöst. Ich hatte ein unangenehmes Kratzen im Rachen und spülte es mit dem letzten Schluck der Pompelmo-Limonade hinunter, der schwarz in der Flasche stand. Am längsten blieb der Rauch in meinem Kopf.
Es war jetzt deutlich leerer auf der Promenade, die Stadt ging früh schlafen. Die Familien waren in ihren Hotels verschwunden, übrig waren vor allem Jugendliche in kleinen Gruppen, die darauf zu warten schienen, dass etwas geschah. Ein altes Paar, das aussah, als nehme es seit Jahrzehnten an jedem Abend den gleichen Weg, ging mit sehr kleinen Schritten zwischen ihnen hindurch.

Ich kann das Sirenengeräusch die Küste entlangfahren hören, es kommt näher und wird irgendwann wieder schwächer, den Krankenwagen selbst sehe ich nicht.

Irgendwann stand ich auf, warf die Flasche in den Mülleimer und wanderte wieder den Wellenbrecher hinaus, unruhig wie jemand, den der Schlaf nicht finden durfte. Ich war müde, aber der Tag lebte noch in mir, und er kreiste in meinem Kopf. Was von dem, was ich gesehen hatte, würde eine Erinnerung werden?
Ich dachte an den Taucher mit der Harpune, mit dem ich am Morgen an dieser Stelle gesprochen hatte ... ich hatte ihn nicht wieder aus dem Wasser herauskommen sehen. Als ich ihn gefragt hatte, wieso er so gut Deutsch könne,

hatte er geantwortet, er sei acht Jahre in eine Österreicherin verliebt gewesen, Tanja, die in Grado gelebt hatte, bis sie irgendwann in ihr Heimatland zurückgegangen war. Goldbrasse, Seebarsch, Oktopus oder gar nix. Fast genau in dem Moment, in dem der Taucher im Wasser verschwunden war, war hinter dem Bergmassiv die Sonne aufgegangen und in vielen kleinen Rucken höhergestiegen.

welch Leuchten das seine lange Überfahrt antritt

Der Mann mit Brille und Sakko, der auf der Promenade plötzlich auf mich zugekommen war, als wäre ich auf mich selbst zugekommen. Dove vai? Dove vai? Ich hatte nicht mit ihm sprechen wollen, was mir jetzt wie ein Fehler vorkam.

das Meer: das nicht mehr Tag noch Nacht ist sondern Zeit

Das einzige Wort, das die Wolken über der Küste von Triest tatsächlich gebildet hatten, war T R O T T E L gewesen, den Rest hatte ich mir vermutlich eingebildet. Ein Mann in der Krise seiner mittleren Jahre, dem nichts mehr einfiel, als nichts zu tun, das war ich?

Ein Frachtschiff, das mit seinen Ladekränen gestikuliert hatte, als wollte es mir etwas sagen. Ein Schiff, dessen bloßes Auftauchen schon etwas anzukündigen schien.

Dann – wann? – war die Frau im weißen Kleid mit dem Sonnenschirm gekommen, als hätte ich zu lange in einem Roman von Marcel Proust gelesen.

Und dann? Wie soll ich mir mein Leben merken, wenn ich mir noch nicht mal einen Tag merken kann?

Ein Kreuzfahrtschiff, das nur aus Lichtern besteht und sehr lange sichtbar bleibt, bis es glitzernd und sprühend verschwindet, wie eine langsam hinaustreibende Party oder der letzte Rest des Tages.
Wird es jetzt still? Oder würde der tagsüber von der Stadt ausgesandte Lärm als Echo vom Meer zurückkehren?
Ich sehe in die vom Wind bewegte Dunkelheit. Das Meer, das das Licht geschluckt hat.
Sogar Triest in der Ferne ist erstaunlich dunkel, schwarze Materie, die das Licht festhält. Ich bin nie in Triest gewesen.

Ich kann hören, wie die Stille kommt, eine Stille unter dem Meeresrauschen. Man kann jetzt hören, was auf der anderen Seite des Meeres gesprochen wird. Eine Stille, in der man sich selbst hören kann.
Gibt es einen Nullpunkt der Geräusche, an dem nur noch das Meer sich bemerkbar macht? Und ist das der Punkt, an dem die Nacht am tiefsten ist? Nur das leise rumpelnde Meer ... als bewegte es in seiner Tiefe große Klötze hin und her. Was macht es da im Dunkeln? Ordnet es sich neu, um dann hektisch vor Morgengrauen wieder seine alte Form zu finden?
Würde ich das Geräusch des Meeres je wieder aus meinen Ohren bekommen? Oder bliebe es tief in meinem Innenohr eingeschlossen, wo die Flüssigkeit der Gehörschnecke für immer im Rhythmus dieses Meeres branden und die winzigen Sinneshärchen wie Seegras bewegen würde?

Die Krabben, ich kann die Krabben hören, die hier überall sein müssen. Ein Wellenbrecher aus dichtgepackten schwarzen Krabben. Das ganze träge Meer ringsum besteht aus diesen Krabben, und jede Welle schüttet einen Strand aus schwarzen Krabben auf.

Das Rauschen in meinem Kopf, das Rauschen, mit dem die Gehirnflüssigkeit an die Schädeldecke brandet.

Und jetzt?

Eine Bewegung, schnell, im Augenwinkel, als wäre jemand zu mir hinausgekommen.

Ich drehte mich um und blickte aufs Land. Alles unverändert. In dem großen Apartmenthaus an der Promenade war die Nachtbeleuchtung eingeschaltet, ein breites, flurlanges Lichtband auf Höhe des dritten Stocks. Ich wartete und wusste nicht, worauf. Um das Gebäude lag eine dünne Halo, als strahle es ein spezielles Licht aus, das es wie eine Schutzhülle umgab, aber es war wohl nur der Mond. Dann erhellte sich über dem Land hinter Lignano der Himmel und fiel im gleichen Moment wieder ins Dunkel zurück.

Nur ein Wetterleuchten.

Da –

Ein Flackern, wie es über die Großhirnrinde läuft.

Was?

Ich hatte die Wolken vergessen, die weit im Westen über dem Festland warteten, die Wolken, hinter denen die Sonne verloschen war. Jetzt liefen lautlose Blitze zwischen ihnen hin und her und erhellten ein Himmelsgebirge ... sah ich den Traum, den das Meer träumte?

Ich höre den Donner eines Gewitters in Amerika.

Wo ist der Tag?
Der Tag war da, ich habe ihn gesehen. Er war hier, bei mir. Aber der nächste, der 1. September, steht schon bereit und wartet hinter der durchsichtigen Wand. Aber befindet sich auf der anderen Seite nicht auch der Herbst?
Ich bin schon da, wenn die Zukunft kommt.

Jemand müsste den Tag jetzt umblättern, aber er geht einfach weiter.
Was habe ich denn erwartet? Dass jemand einen Schalter umlegt?

Mitternacht. Man kann einfach hindurchgehen.

Aber bin ich noch auf dem richtigen Weg in den Morgen, den nächsten Tag? Warum habe ich das Gefühl, seit Einbruch der Dunkelheit herumgeirrt zu sein, obwohl ich meinen Platz nicht verlassen habe? Sollte ich noch einmal die Seekarte hervorholen, die selbstleuchtende Sternkarte? Dort, am Himmel über den slowenischen Bergen, würde die Zukunft erscheinen, der neue Tag. Und dann? Dann werde ich mich im Aufstehen hier selbst sitzen lassen. Etwas von mir wird hierbleiben, so wie etwas von mir bei den Menschen geblieben ist, die ich einmal gekannt habe. Wenn das Licht kommt, wird mein Leben aufstehen und ohne mich nach Hause fahren.

Jetzt ist das Sichtbare unsichtbar und das Unsichtbare sichtbar, erhellt durch meine Gedanken. Es ist so dunkel, als wolle das Licht nie mehr zurückkehren. So dunkel, dass die Erinnerung das Einzige ist, was man sieht. So dunkel, dass ich alles sehen kann.

Und?

Etwas fliegt von draußen auf mich zu. Es bewegt sich sehr schnell und knapp über der Wasseroberfläche, es ist schwer zu erkennen.

Es gibt jetzt keinen Schutz vor der Ferne. Es ist jetzt nichts zwischen mir und dem Nichts.

Ich bin nie in Triest gewesen, nur einmal, in Wien, im Hotel Triest, wo vor zweihundert Jahren die Postkutschen nach Triest abgefahren waren. In der ersten Nacht hatte in irgendeinem Zimmer ein Opernsänger mit einer Arie begonnen, die mir vage bekannt vorkam, in der zweiten hörte ich ein Paar im Bett und konnte nicht unterscheiden, ob die Geräusche von nebenan kamen oder aus meinem Kopf.

Es ist dunkel. Ich kann die Zeit sehen.
Erinnere dich an dich.

Ich hatte das Tagebuch meiner ersten großen Reise nach Grado mitgebracht. Zum ersten Mal seit damals, nach einem Vierteljahrhundert, hatte ich an den beiden vergangenen Tagen darin gelesen. Damals wollte ich so schnell wie möglich ans Meer, ans Mittelmeer. Jetzt kann ich mich sehen, wie ich im Zug ganz in der Nähe vorbeifahre, Mailand – Triest, Triest – Venedig, Venedig – Athen. Ganz deutlich kann ich mich sehen. In Venedig kaufe ich mir etwas zu essen und zu trinken für die Fahrt über den Balkan, darunter eine große Flasche Ginger Pego, was ich für eine Limonade halte. Es ist eine Art Sirup und schmeckt so scheußlich, dass ich schon in Villa Opicina, der italienisch-jugoslawischen Grenzstation bei Triest, etwas wegschütte und durch Wasser ersetze. Noch in Istanbul führe ich sinnloserweise große Mengen Ginger Pego mit mir, was ich immer weiter verdünne, damit der Geschmack verschwindet, so dass auch in Istanbul die Flasche immer noch voll ist. Hat mein Unbewusstes gestern deshalb Limonade gekauft?
Ich bleibe auf dieser Reise fast nirgendwo länger als zwei Tage. Ich sehe auch nichts von den Städten, denke aber, dass ich alles gesehen habe, weil ich nicht weiß, was und wie man sehen kann. Um Geld zu sparen, schlafe ich viel in den Nachtzügen, da ich in den Nachtzügen aber nicht

schlafen kann, schlafe ich gar nicht, spare aber Geld. In den überfüllten Zügen fühle ich mich so einsam wie ein Raumfahrer und gleichzeitig so frei wie danach nie wieder in meinem Leben. Niemand weiß, wo ich bin, ich weiß es manchmal selbst nur ungefähr, und wenn ich es dann weiß, bin ich schon wieder woanders. Das Meer, an das ich eigentlich reisen will, sehe ich nur selten und meistens vom Zug aus, in kurzen zufälligen Ausblicken, die mir anschließend wie geträumt vorkommen. In meiner Erinnerung bin ich fast ausschließlich im Zug, und es ist immer Nacht. Im Zug bin ich in Sicherheit, der Zug weiß, anders als ich, wohin. Das Abteilfenster ist immer offen, und die Nacht ist voller Gerüche und Geräusche, so dass ich das Gefühl habe, trotz der Dunkelheit alles genau erkennen zu können. Ich lehne mich zum Fenster hinaus und bin auf eine sehr einfache, aber vielleicht gerade deshalb schwer zu beschreibende Weise glücklich.

In Triest flackerte ein Licht auf, als hätte jemand dort eine Kerze entzündet. Es war ein vorsichtiges, zerbrechliches, unruhiges Licht, als würde der Wind versuchen, es auszupusten, oder als gehe ihm gleich der Brennstoff aus. Aber das Licht erlosch nicht, es wurde sogar stärker. Als brenne ein Feuer dort, als sei dort vor langer Zeit etwas in meinem Leben in Brand geraten.

Ich kniff die Augen zusammen und wartete. Oder sollte ich, um besser sehen zu können, eher die Augen schließen?

Dann flammte direkt neben dem Licht ein zweites auf, diesmal eher wie ein starker Scheinwerfer, der auf mich gerichtet wurde ... aus einem Jenseits, dachte ich, aus dem ich beobachtet wurde. Ich war entdeckt worden.
Das Licht sah mich an. Es schien jetzt noch intensiver, als wäre ein Zeigefinger auf mich gerichtet.
Ich dachte an die Frau, die mit mir vor vielen Jahren nach Triest gefahren wäre, und begriff, dass dieses Licht vor sehr langer Zeit ausgeschickt worden sein musste, wie das der Sterne, das uns manchmal erst dann erreicht, wenn ein Stern schon längst aufgehört hat zu existieren.
Das Licht sah mich noch immer an, und ich sah das Licht an. Dann erlosch es, erschien aber sofort wieder, erlosch für eine etwas längere Spanne und erschien zögernd erneut, ein Wackelkontakt.
Dann wurde das Blinken schneller, als habe sich die Dringlichkeit dessen erhöht, auf was es aufmerksam zu machen versuchte. Ein fast nervtötend regelmäßig blinkendes Licht, wie etwas, das sich im Unbewussten bemerkbar machte. Eine Warnleuchte, die mich an etwas erinnern sollte, und sei es nur daran, dass es unklug sein könnte, sie zu ignorieren. Erst nach einer Weile verstand ich, dass das Licht mit mir sprach. Es war nicht der einfache gleichmäßige Rhythmus der Leuchtfeuer, es waren eher Morsezeichen, die nur für mich gedacht waren. Als blinke jemand mit einer riesigen Taschenlampe zu mir herüber. Als erhielte ich in diesem Augenblick eine Botschaft.

Aber ich erhielt keine oder verstand sie nicht.
Auf dem Meer war ein einziges Schiff, dunkel, wie in eine Art Notbeleuchtung getaucht. Es kam mir vor wie ein ausgeglühtes, längst von seiner Besatzung verlassenes Geisterschiff, das dennoch nicht untergehen wollte. Ein Schiff, unwirklich wie eine ferne Erinnerung, die, anstatt deutlicher zu werden, sich weiter zurückzog, wie etwas, das am Rand meines Bewusstseins trieb.
Die Frau, die mit mir nach Triest fahren wollte, habe ich nie wiedergesehen. Im Traum habe ich sie einmal nach ihrer Adresse gefragt, aber bevor sie antworten konnte, hatte mich etwas geweckt, oder sie hatte den Traum abbrechen lassen, an der für sie richtigen Stelle.

Ich muss noch das Meer sehen.

Ich hörte Stimmen und sah zwei Leute den Wellenbrecher zu mir hinauskommen. Es dauerte, denn sie blieben immer wieder stehen, um sich abwechselnd zu umarmen und wegzuschubsen. Es waren ein Mann und eine Frau, im hellen Mondlicht waren sie gut zu erkennen. Jetzt balancierte die Frau am Rand des Wellenbrechers, während der Mann sie in der Taille zu kitzeln versuchte, was sie mit hellen kleinen Schreien quittierte. Dann setzten sie sich beide auf die Felsen, und es wurde still. Ich schaute ab und zu hinüber, vielleicht rauchten sie oder küssten sich. Nur von Zeit zu Zeit drang ein unterdrücktes Lachen zu

mir herüber. Ich fragte mich, ob sie mich bemerkt hatten oder ob ich mich bemerkbar machen sollte, es sollte nicht aussehen, als ob ich sie heimlich belauschte und beobachtete.
Nach einer Weile löste sich eine der beiden Gestalten von den Felsen und ging über den Wellenbrecher zum Land zurück, es war die Frau. Dann sprang auch der Mann auf und rannte ihr hinterher.
Ich stand ebenfalls auf. Ich wollte nicht allein auf dem Wellenbrecher bleiben, ich wollte nur noch zurück ins Eliani, wo meine Frau und meine Tochter in tiefem Schlaf liegen würden, dorthin, in ihren Schlaf wollte ich. Es war mir egal, dass die vierundzwanzig Stunden, die ich mir vorgenommen hatte, noch nicht vorüber waren. Ich hatte gesehen, was ich sehen konnte. Ich hatte genug.
Erst als ich schon fast an Land war, fiel mir jener seltsame Gegenstand in den Felsen ein, den ich am Morgen gefunden hatte. Ich ging etwas zurück, konnte ihn aber nirgends finden, vermutlich hatte ihn jemand einfach ins Wasser geworfen. Das verschwundene Teil kam mir jetzt vor wie eine falsche Erinnerung ... wie etwas, das es gar nicht gegeben hatte oder nur in meinem Kopf.
Auf der Bastion, dort, wo der Wellenbrecher begann, hielt das Münzfernglas noch immer Ausschau, daneben wartete geduldig der Mülleimer, sonst war niemand zu sehen. Auch der kleine Platz zwischen dem Wellenbrecher und dem Crema & Cioccolato war menschenleer. Unter den

still atmenden Schirmpinien schwebten die leuchtenden Glaskugeln der Laternen, der Brunnen schlief. Auf dem Strand bildeten Hunderte von Aluminiumliegen und eingeklappter Schirme einen schimmernden Heerzug, der schweigend auf die Stadt zumarschierte und am Morgen, wenn das Licht kam, sein Ziel erreicht haben würde. Aus seiner Mitte ragte der kleine Holzturm der Rettungsschwimmer deutlich wie ein Ausrufezeichen, davor lag ihr Boot mit der Aufschrift »Salvataggio«.

Es war Viertel nach zwei. Auf der Promenade wurde das Paar jetzt schnell kleiner. Der Mann hatte einen Arm um die Frau gelegt, mit dem anderen zeigte er immer wieder aufs Meer hinaus. Die Frau hatte ihre Schuhe ausgezogen und hielt sie in der Hand, vielleicht waren sie nass geworden, oder sie mochte die Wärme, die die Steinplatten den Tag über aufgenommen hatten und nun noch immer abgaben.

Dann waren sie verschwunden. Sie waren schon in Richtung Morgen unterwegs.

Es war alles gut. Wir würden alle gerettet werden. Wir würden alle die Küste des Morgens erreichen.

Aber wann wird das Licht kommen, und wie?

Jürgen Hosemann, geboren 1967 in Mayen/Eifel, arbeitet nach einer Ausbildung zum Verlagskaufmann und einem Studium der Germanistik als Lektor in Frankfurt am Main. Er ist Herausgeber zahlreicher Anthologien insbesondere zur Reiseliteratur und Mitherausgeber der Werke Wolfgang Hilbigs.
»Das Meer am 31. August« ist sein erstes Buch.

Der Satz »ich beginne den missglückten tag« auf S. 12 stammt von Ernst Jandl (»Letzte Gedichte«).

Wolfgang Hilbigs Gedicht »Matière de la poésie« wird zitiert nach Wolfgang Hilbig: Werke, Bd. 1. Frankfurt am Main 2008. Abdruck mit freundlicher Genehmigung der S. Fischer Stiftung, Berlin.

Konzeption|Gestaltung: Antje Haack | www.lichten.com
Satz|Herstellung: Büro für Gedrucktes, Beate Zimmermanns
Abbildungen: Einbandillustration und Frontispiz
von Antje Haack
Druck|Bindung: Friedrich Pustet KG, Regensburg
Printed in Germany
ISBN 978-3-946334-82-8